那无限飞奔的人

清华学生诗选

王家铭 编

CCTP
中央编译出版社
Central Compilation & Translation Press

图书在版编目（CIP）数据

那无限飞奔的人：清华学生诗选／王家铭编. —北京：中央编译出版社，2022. 8

ISBN 978-7-5117-4193-6

Ⅰ. ①那… Ⅱ. ①王… Ⅲ. ①新诗-诗集-中国-当代 Ⅳ. ①I227. 1

中国版本图书馆 CIP 数据核字（2022）第 112641 号

那无限飞奔的人：清华学生诗选

责任编辑 景淑娥
责任印制 刘 慧
封面设计 田 晗
出版发行 中央编译出版社
地　　址 北京市海淀区北四环西路 69 号（100080）
电　　话 （010）55627391（总编室）　（010）55627318（编辑室）
（010）55627320（发行部）　（010）55627377（新技术部）
经　　销 全国新华书店
印　　刷 北京文昌阁彩色印刷有限责任公司
开　　本 880 毫米×1230 毫米 1/32
字　　数 228 千字
印　　张 11
版　　次 2022 年 8 月第 1 版
印　　次 2022 年 8 月第 1 次印刷
定　　价 78. 00 元

新浪微博：@中央编译出版社　**微　　信**：中央编译出版社(ID: cctphome)
淘宝店铺：中央编译出版社直销店(http://shop108367160. taobao. com)
(010) 55627331

本社常年法律顾问：北京市吴栾赵阎律师事务所律师　闫军　梁勤
凡有印装质量问题，本社负责调换，电话：(010) 55626985

编者前言

在中国新诗发展史上，清华大学出身的诗人一直占据着重要位置。一代代清华学子以卓异的才华和热忱的诗心投身新诗创作，在中国新诗传统中留下了不可磨灭的印记。作为白话诗和白话文运动的发起者，胡适于1916年开始写作白话诗，其时他人在美国，身份是清华庚款留美官费生。随后，清华学生积极响应早期白话诗运动，涌现出了一批优秀的诗人，如闻一多、梁实秋、朱湘、孙大雨等。到了新文化运动的第二个十年，新月派成为影响最广的诗歌流派，闻一多、梁实秋等清华诗人则是其中坚力量。叶公超、朱光潜、梁宗岱等新诗史上的重要理论家也先后在清华担任教职。其中，朱自清自1925年以后一直服务于清华大学，对清华诗人的培养和清华诗歌传统的形成有重要影响。抗日战争爆发后，清华、北大、南开三校南迁，于昆明组成国立西南联合大学。新一代诗人在战火的烽烟中成长起来，清华、联大的诗人成为20世纪40年代新诗坛的主力。1952年全国院系调整，中文系等人文学科调出清华，清华诗歌随之陷入低谷，但仍有不少同学从事新诗写作。新时期以来，清华人文学科重建并稳步发展，为校园诗歌提供了更好的环境。刘晓峰、蓝棣之、解志熙等学者先后调入清华大学并开设诗歌课程，清华园的诗歌氛围逐步恢复，培养了像姜涛这样在当代诗坛有重要影响的诗人兼批评家。

自 20 世纪 70 年代末开始，诗歌的接力棒一直在清华人的手中传递。80 年代，清华诗歌受朦胧诗的影响较深，一部分作品表达了对历史与时代的思考，多数作品则以唯美情调抒写青春期心境，具有明丽的抒情色彩，由此形成偏向单纯、古典的美学追求。这也是这一时期清华诗歌有别于其他高校的特点。姜涛曾这样谈到清华文学的抒情性："在清华文学中，'抒情'早已超越了浅近的感伤阶段，也不仅是风格的标记，它已经成为一种气质，一种集体的选择，一种经过多年探索、不断深化的写作方案。"到了 90 年代，清华诗人有了更为自觉的主体意识，对诗歌语言有了更充分的认知和体悟，部分诗人在诗中引进戏剧性、日常化、口语等因素，丰富了新时期清华诗歌的表现手法。八九十年代，清华诗人的影响力主要局限于校园，处于较为隐蔽的状态。如姜涛所述，"清华的文学信徒没有过多地参与 80 年代轰轰烈烈的文学造山运动，也没有涉足 90 年代更为复杂的文学市场，文学的现场更多地局限于草地、酒桌、个人书案以及友人的书信之中"。而在水木清华这一方天地里，成立于 1921 年的清华文学社一直发挥着文学根据地的作用。今天的文学社仍定期举办读书会、观影、讲座等活动，团结着热爱诗歌和文学的清华学子。

进入新世纪，生活在清华园的一些诗人的影响力已经超出校园围墙，受到了外界的更多关注。近年来清华诗人频繁得奖，参加诗会，在重要刊物发表作品，于国内诗坛取得了不错的成绩。另外，相比过去清华校园诗歌创作以本科生为主的状况，新世纪以来研究生在其间起到了更多的作用。尤其是中文系的部分诗人，在进入清华前，就已经在诗艺方面积累了较为成熟的经验。可见，随着清华文科快速发展，人文化的校园环境对园内诗歌创作带来了积极的影响，以强大的向心力吸引青年作者加入。如今的清华诗人在仍葆抒情底色的基础上，试图开掘更为多维的生命体验，他们的书写对象与表现空间更加驳杂、丰厚，也锤炼出了更为沉着、稳健的修辞技艺。这样的变化，除作者自身因素外，也得益于清华诗人参与了当代先锋诗歌潮流的缘故，由此证明清华校园诗歌、校园文学仍有着广阔的成长空间。

在写作风格方面，近期的清华诗人呈现出较为多元的面貌，各有自己的尝试与坚守，作品背后隐约可见不同的性情，有效避免了青年写作容易陷入的同质化倾向。作为近年来清华诗人的优秀代表，马骥文的诗歌中充满了不断辩诘的自我审问，有时甚至将裸呈的情感直诉于并不低沉的语调，这语调却与他谨慎的修辞并行不悖。许多“纯粹、洁净并且神秘”的事物出现在他诗里，引领着“那无限飞奔的人”通往奇境。李长远曾担任清华文学社社长，他擅长将轻盈的幻想与对往事的回忆编织在一起，搭建出一个安稳温煦的世界。他惯用俭省的笔调来勾勒幻美之况，语言清晰、饱满，“聚集美像聚集一种力量”。陈瞰早在 2006 年就入读清华建筑系，后又考取博士研究生，他的诗在口语的现代感与意蕴的古典美之间取得平衡，表达出“自古已有的莫名情绪”。来自澳门的女诗人袁绍珊将自己置身于性别、工作、信仰等社会议题，在看似淡漠的语气中凝视自我和他者。她的每首诗都像一个小型剧场，充满声色、情绪、肢体的波动，借此勘探“生命的种种未知与荒谬”。作为“95 后”诗人，李娜的诗莹润、绵密，时常将生活里重叠的暗影细细剖分，令成长的经验在细节中变得丰富而具体。出于对时间和人事的善感，她在诗中收获了一种安放偶然性的能力，“似乎世间的道理就是如此”，即使是犹疑与讶然，最终也舒缓在“震荡的波心”里。此外，还有孙天启、刘可、仇哲君、曲晓楠、白仁飞、林江合、袁梦颖等不少同学也已经展示出较大的潜力。

反映新时期以来清华诗歌创作成就的诗选主要有以下几种：1991 年曹自学编选了《清华学生诗集》（1977—1987），以清华文学社名义刊印，刘达校长作序，收 1977 级到 1987 级作者 55 人，诗作 132 首，主要选自文学社社刊；黄祖民、冰马编选过“SJM 大学校园诗歌系列”清华大学卷《最后的雨季》，收 1980—1990 年 33 位清华诗人诗作 150 余首，1991 年由南海出版公司出版；姜涛编过“高校文学经典读本丛书”清华大学卷《在冲撞中栖身》，2000 年由中国少年儿童出版社出版，收 1980—2000 年清华学生创作的小说、散文、诗歌、戏剧作品，从作者队伍和文本质量来看，诗歌也是主体；2011 年百年校庆之际，清华校友总会组织编选了一套《清华百年诗集》，由中国社会出版社出版，分旧体诗和新诗两卷，王伯雄、曹自学分别担任主编，姜涛、徐晨亮等任编委，收 1912 级到 2009 级清华诗人作品，其中 1977—2009 级作者 98 人、诗作 191 首。这些诗选有力地展现了新时期以来清华诗歌的风貌，但是最晚近的一本距今也已有十年之久，近十年来清华诗歌的写作成果迄今未能在公开出版物上得到比较全面、集中的反映。推出这本《那无限飞奔的人——清华学生诗选》，便是希望可以填补这一空缺，呈现近期清华诗人的写作实绩。本书由清华大学文学创作与研究中心策划，收录清华大学 2006 级至 2021 级学生的新诗作品，计有作者 34 人，诗作 170 余首，以作者入学的年份排序，展示清华校园诗人的多元面貌与诗歌技艺。本书的出版得到“清华大学学生原创作品支持计划”的指导与支持，在此致以衷心的感谢！同时感谢诸位入选作者的支持，尤其是李长远同学为稿件征集提供了重要帮助。由于编者对清华诗歌的了解并不全面，加之时间仓促，编选工作难免存在疏漏，期待方家指正。

王家铭

2021 年 11 月

目　录

陈瞰的诗

孙天启的诗

李长远的诗

刘可的诗

仇哲君的诗

陈敬瑜的诗

马骥文的诗

曲晓楠的诗

张诗语的诗

赵兴艺的诗

白仁飞的诗

高明祥的诗

林琳的诗

刘晨昕的诗

袁绍珊的诗

舒梦的诗

徐梓婕的诗

袁梦颖的诗

张静轩的诗

陈瞰的诗

陈瞰，清华大学建筑学院建筑系2006级本科生、2021级博士研究生。曾任清华文学社社长。作品曾入选《清华百年诗集》，独立出版诗画集《就这样》《旅》等。

在安仁

街道是新的
油纸伞是新的
汩汩的流水声是旧的
少男是新的
少女是新的
少女逡巡的目光是旧的
节气是新的
茶花是新的
树缝间的阳光是旧的
在安仁古镇的街道上
我坐着　是新的
晒了不一会儿
我便成了旧的

雨下了起来

雨下了起来
从七层俯瞰下去
蓝色金属屋顶　和绿的南方植物
艳了　润了
两排老住宅楼　夹着一道泄洪渠
清了　涨了
水面　被敲打得
微微颤动
一只白色鹳鸟
在雨中　开始滑翔
沿着直直的渠
从这一端
向那一端
从一棵黄桷树
向另一棵黄桷树
它并不避着雨

让人觉得　它比我们
比雨　比白色
都更优雅　轻盈　抽象
而它　不着一物
也不着一词
甚至包括雨
雨下起来了

归

把水关严　把气关严
把窗户再仔细检查一遍
挤挤箱子　还能多挤进
一件单衣　半斤香肠
锁好门　准备回到
略陌生的家乡　见到
略略陌生的家人
当然　会有些消息？
短暂的离开　短暂的归来
只比一场冬梦略长
忽然惶恐了
这自古已有的莫名情绪
洄游的鱼儿啊
你不记得　但你知道

今天没有诗

今天可以高声演讲
可以数数　讲笑话
可以研究阳春面的三种做法
但是
今天没有诗
那么　就赚些钱吧
就给家人通个电话吧
就收拾房间　洗衬衫
就许个愿
庄重地剥开一只橘子
今天什么都有　唯独
没有诗
一点儿都没有
哪怕经冬的叶子从眼前款落下来
哪怕又大又黄的月亮从眼前款落下来
哪怕　你忽然站住

一种形式　从眼前款落下来
但是
不好意思
今天没有诗
今天　我
不在

午　后

从浅睡中上岸
须有一念指引
小提琴的练习声
和桂的香气
远远近近
梦的内外都有
一条交叉的小径
将那些散落的下午串起
有着隐隐雷声的重叠荫翳
冬日倾斜的阳光　金子
以及此刻　枕上的沟壑深深
眼前的纤毛如逆光的树林
一个房间　一扇窗
诸物现身　相互低语
一群脆弱而谨慎的精灵
窗帘你好

大衣柜你好

光　此刻的光你好

穿过绿色的窗帘后趋近于零

此刻　只有静默

只有　万物　我

只有语言

将一切浸润　并且

比我们更长久的保存

一棵开花的葱

一棵被遗忘的葱
开花了　圆圆的一个球
由很多小花构成
叶子枯黄　茎失去水分
但花是壮的　那么圆
从茎叶的顶端膨出
作为食材　它已被遗忘
但它依旧记得
这个固定的日子
体内的节律　在六月翻涌
如同在大地上　其他的姊兄
开花　从自己的身体里
在干燥而黑暗的厨房角落
一棵葱　将自己完成

孙天启的诗

孙天启，清华大学物理系2011级本科生。曾任清华文学社社长。曾获校内“朱自清文学奖”“惊蛰文学奖”。作品发表于《诗刊》。

夏夜杂想

一

夏夜之黑，因炎热而拥挤，
我被裹挟着，被迫吸入过量的低压。
事实上，我也吸入你的，纵使你我
相隔很远，世界通过某种方式联系起来。
像洋流送来鱼群，介质的流动，
只有在夏夜才能被体验到。

二

陌生的身影走入路灯变得清晰，

让我能分辨性别，粗略估计年龄、工作，
并猜测他是怎样的人。然后他又走回夜里，
仿佛一次登台和退场。我想起很多名字，
不少已记不清面孔。大多数情况，
“认识”就像被夏夜挤进灯下，被迫印在脑海里。
就像在餐厅被动理解的邻桌对话，
偶尔也十分精彩。我曾欣喜地加入他们。

三

“灯”含有两方面：黑和光亮。
黑中的光亮，因黑而起的光亮，
因为要看清黑中物而制造的人工光亮。
借光亮学习读书，然后制造新的光亮。
推开黑的勇者也要给别人留下他的路灯。
但一切仍然如此可悲；代际间循环的西绪福斯，
每一次进步都是无穷小的，在无穷大的黑中。

四

记忆是一种黑，仅有少部分被特殊地照亮；

那是你想记起的部分。余下的像嗡叫的蚊子，
很难抓住但始终在耳边，偶尔会叮你一口。
你没有时间的风油精，不能快速处理情绪的肿包，
它吸引全部注意力，发红，变大，
你用知觉越挠越痒，只能等它主动退去。
但完整的记忆不会带来情绪，就像夏夜之黑，
折磨人的只是记忆的某种表象，嗡鸣和叮咬。

初　秋

秋天是以发红的云开始的，这是第一场舞，
后面的处于可爱的小碎片中。落叶打转如陀螺。

使事物变软的咒语在逐渐消退，我重新担心
干枯的树枝会戳进关键部位，而风

开始从另一个角度闯入我。阴影在长高，
大雁的叫声像窜逃的啮齿类。

我仅在白露时见过它们排成队列，但刚刚立秋，
迷路的人不多。西山上被烫出的夕阳

在可见物上泼洒果酒，时间因此被加速显形，
但这种抵达不带有目的性。

现在我能清楚看到天空的胡须，白色作为一种空，

向我展示漂浮的法门。草拂之，木遭之，我疑惑

谁是执鞭的人？转动的我在绕行一个更大的词。
但时候未到。我讲不出口，也逃不掉。

去南方

一片降幡出石头。

——刘禹锡

我向南乘坐火车离开此处。

树木和楼宇在侧面飞速消失。
我发现向前看或是向后看，
它们都走得慢吞吞的。

突然来到一片原野，
仿佛从空中入水，
一切都慢下来。

庄稼地里有几头牛和农民，
火车已融入日常，
无法让他们抬头。

穿过浓雾，仿佛身处台风中
离开带来新的想象，和速度。
南方可能不会像此处这样失明。

我听到广播在播放下一站，
太漫长了。远眺令时间滞缓，
唯有直面使其加速。

看　海

首先坠落的，是发福的云。在白日尽头，
你需要体会归来者的心思。灯塔一吸一呼：
吸进去的是冗余的二十岁，呼出来的却是
一阵星垂的海风。向南望，夏夜之深
足以没过安泰俄斯，连他的父亲
也不能驰骋在这里。一层层卷积云向我涌来，
我把自己放置在沸腾的海藻中。

适应砂砾，适应涨潮、落潮，
月亮熟练于变尖、变圆、变大、变小；
适应潮湿时期，适应啼叫，
平流层出生的，都在向北飞驰。
不消说裸露的人群，面对海，
正选择巢穴的海龟也变得快速。
海鸥沉睡，海岸明示它的转折，当海浪
逐渐切削我，暗处的一切就都是合理的。

我记起往事如礁石，悔恨之浪从缝隙中
扑过来。没有更多流浪的人了，海水在沙滩上
打磨自己。我注意到远处，那出昼入夜的岛屿
深入黑暗的方式来自多次想象。信号灯
起伏着云雾的余章，我感到羞愧、羞愧
和羞愧，从不知晓哪里有事物会击碎
这来自海的永恒轰鸣。

在海边

我所知道的事，被我所不知道的
笼罩着。我凝望灯塔，看着海浪拍击
海岸的分形，我感到我是被找寻的。
我等待群起又群落的，自由的海鸥，
它们为我指明可以停留的新岛。

沙粒是一切的残骸，走在这墓地上，
就看到了时间轴唯一的终点。
谁将在远方被击亮？
暴风雨追逐那落单的水母，
它们透明的身体正是它们的罪过。

我看到海风树在涯上背对星空和海，
只对陆地敞开它们自己。灯火闪耀着，
诸多可能性正在被酝酿，你知道，
人们总是孝乎鬼神，美乎黼冕，

把所见当做应然之物。所以

注视这海吧！注视它丰饶的轰鸣，
你的存在是正被孕育着的，而你的历史
正被吞噬。贝壳的张合，吐出
几百年的冥想，关于月亮，
我们的理解仅限于自转的巧合。

远处，云走入更低的云，
有什么即将来到，我看不见。
事物不断包裹自身，一条闪电
划开它们所有的过往。我看到
回航的渔船拖出细长的划痕，
又渐渐消失，一排排的矮浪

交叉着，滑到我的脚下。风把
水汽吹成雾的样子，不知返路
是否漫长。在海边，我一直丢失
我的水分，把北极星错认为
发光的椰心。我问这不变的海：
西西弗究竟是不是一位无产者？

我不安

我不安，我徘徊在月圆和月缺
却找不到一个巢。枝条摄住我
像是八月的雨。我看见参差的
窗帘和水，我听见我正迭代着
进入历史，一条废弃的河道。

哪里有灰尘可以让我上下起伏
仿佛风暴？我似乎呆得太久，
禁不起一场更冷的写作。秋天
带来间隙，云和云疏离并厌恶
地抚摸着。我看见桥，一座桥
连接人和人群，和无数的眼睛

也许是我，也许是苹果，也许
是多雨的小提琴，罪责蔓延在
未耕的清晨时光中，把每一个

过路人当成肥料。我不再解释
我注视着闪电经过格罗滕迪克
却想不出和平，感不到倾慕，
甚至并不认为我自己正在存在

李长远的诗

李长远，清华大学电子工程系 2015 级本科生。曾任清华文学社社长。曾获“复旦光华诗歌奖”“清华大学朱自清文学奖”。作品发表于《星星》《诗林》。

在河边

一

我记得曾在水边搬开
被太阳晒得温热的石头
在螃蟹出现时一把捏住它
或者任它们逃散，
搅动河床，从水底升起一小团风暴。
那是淇河还没被河滨公园
勒紧的时候，
车子能径直开到滩上。
父亲的钓竿会在远处，
静静闪耀一个下午。
返回时，我们三个孩子
在面包车的后座歪成一排，
将装着战利品的

瓶瓶罐罐捧在胸前，仿佛祈祷。
起伏不定的街灯，
行道树的阴影……
夏夜的暖流穿过敞开的车中
我们会在到家之前睡熟。

二

只有当我回到岸上，挨着母亲坐下
在那片白桦林的树荫里，
被凉风一吹
所有疲惫的感觉才灵魂出窍般
重新恢复：那踏进河水的清凉的第一脚；
把脸埋进水里，在水面
漂浮时背部的灼痛；
还有那被碎石和沙砾磨到麻木的脚丫子，
突然踩上一整块
浑圆的卵石，感觉到的舒适、温暖。
——我感激这些垫脚石，
尽管一个孩子的体重
就会让它倾斜、来回摇晃。
(那些长满苔藓的更难对付)
你需要像年轻的船员那样，
学会快速掌握平衡。在陌生的水域中

每一次，都感到脚下支撑着的
轻微晃动的石头，稳如世界

三

一次开车去河边遇到暴雨
我湿着身子回到后座
听拳头大的雨点在车顶格格响
回家的路上，我和母亲都紧盯着
挡风玻璃，在闷热的空气里
替父亲暗暗担心。
我还不知道这个时刻会不断跳出来，
在生活似乎要中断，
分崩离析的时候：
我们曾在狂风骤雨中，
凭雨刮器撑开的一小块
浑浊的视野，一起望出去。
大树枝般粗壮的
闪电，从云层投落
点亮车窗后面三个人的脸。
——几乎是一次快照
迅猛的光将我们抛进同一个
略带紧张、向前倾身的姿势中

即　景

明亮的风，群山的血液
太阳的搏动的心！
噢风景，钩破我们皮肤的
明净的小爪子……

秩序松开一瞬，夏天
那辉煌的假期——夏天
热与汗液托起一万只风帆，太阳
像军队缓缓开过，你手无寸铁！

即　景

一棵小桦树在风中发抖，
像黎明时返回的离家出走的孩子
枯叶积满台阶，从管道
冒出的水和白汽，在冰上疾流

我忍受乌鸦的哇叫，这些肮脏、
美妙的鸟。肉体在高烧中，仿佛
领受了一段安慰，当它们上升
带着灰暗的蜜涌向十二月的天空

复　仇

很久了，这些树完好无损地
立在那儿，有时却像箭矢
带着坠地的脆响从天上散落——
这是天使宴罢，
正要尽一点余兴，一捆灿烂的箭
随意地抛在水塘边，路上。
人们聚在一起休息，在树木
高大的影子之间，又被火光吹散
就像一团灰蚊
提来了黄昏弱小的弓，
而一个人的弦就是他自身，
树一般绷紧，永远准备着被
最细微的风重新弹回夜空。[1]

---

① 此处化用王家铭《灰暗的心》诗句：“只有深宵和花园充满了变化，把我灰暗的心带回星空。”

哦，人，午夜的射手
你们的危险在于准确，没有怜悯。
假如全部的信念真的
铸成生活，我会吃惊于
你的伤害可以清晰如歌唱，
绕开你的同伴，
去击中更远处天使们的餐桌。

受　难

你的脸颊，像一道白色的斜坡伸向空气。
他们派来了西西弗，
将那滚落的、凝固成石头的泪珠
重新推回眼里。

夜

泥土解开了死者的发结
他们移动，在树根与门槛之间
他们的脸，几乎开始闪耀
为了不被这个夜遮蔽

你被伤害的嗓音
从那里返回，
带来铜锈、雪、腐败的叶子

黑暗如此清澈
仿佛可以啜饮，
你站在夜的边缘，口渴如灯

银　杏

你少女般羞赧，
从一根深枝摘下鸟的戒指；
当我们路过，急匆匆地惊动。
你纯洁的欲念落实成为花瓣，
在夜晚齐腰深的雾中：

果实像宫女的提灯举向额角
像祝祷的声音，照彻一个通宵！
古老的居民，让我做你的客人
偶然步入这些幻象，
感到十月的空气中，是寂静

正在统治。银杏
抛下你的王冠吧，秋已来临……
但我又惊异于大雨急降，
风暴正中有一架银色、不断解体的

梯子，铺向你闪光的头发

并且捶打，捶打那橙黄的球体！
那些硕大急促的雨滴
让它们成熟、跌落，在泥土中
获得形状，一如你的心。
被驱逐的美人，我多么渴望

你重新站在这里，在果园中央
聚集美像聚集一种力量
赎回你的金子，从风暴的当铺中
等待吧，然后将图案永恒地
停留。你，我所有年轻的皇后

童　年

鼾声落在这一天最自由的时刻
是警报解除，唱针探进唱盘
他从闷热的午睡松懈出来
双手轻盈得如同一列飞行纵队
肩膀的阴影里，它们抬升
翻转，然后猛地一跃，在顶点
震颤于气旋，
就像风暴锻炼着年轻的水手
他久久地支起，为了被更高的风景
洗濯，他也许并不知道。
闹钟在响了，隔壁的脚步声
将在这停留一会。他要迅速地
（或者假装）进入睡眠
拧动奇异的发条，他的手
在黑暗里，梦见
一只燕子的蓝背轻晃他的房间

起　夜

醒在一阵闪电中间
五月的溽热预感着雨水
我去阳台吸烟
关窗，叶子底下积满闷雷

电视机旁，你的水仙开了
舒展着花瓣
儿子朝梦里愤怒地
结实地挥拳

我回到我们的小铁床上
到你安静的呼吸旁边
突然感到被黑暗的巨舌
扫过。

二十平米的空气

有了暴风雨前的暧昧
迷乱仿佛蜂群。

我想起更早的时候
乡下，小路泥泞
我骑车去雨中接你
你打湿了肩膀
倾斜着，细细的脖颈
像一点蜜，飞在空中

绝对之夜

拥抱，密谈，烟的颗粒
在一盏
轻咳的小灯下面。
你拿扑克的手多么洁白、
轻盈，让人原谅出牌时的任性：
一个天使，解散了一队国王。
我听见变化在黑暗里
微弱地舒展
我傍着尘埃睡着，仿佛小雪……
直到奇迹如理发师将我拍醒，
要我看向镜中

松　动

三点，醒在客厅里
困惑但是兴奋。天气像一只怪鸟
在我胸中转了一下
它的爪子

一队卡车驶过，
让厨房的银器全都轻颤着
开口，它们如同波浪
摇撼了我的睡眠

我坐下，剥好一整颗橘子
我去房间里走动，写诗，
最后绊倒
在那些酸的透明的绳索上

在窗外发动机微小的轰鸣间

当它们用蒸汽
混合了雪，急速地涂抹着世界
而我所知道的，全部的

鸟，仍被午夜的神秘推着。
它的翅膀，那灰的
轻若无物的风帆
泊进一座废弃的空中码头

在广源市场

花闭着，鸟儿睡眠
好像是一次拒绝
但外面，湖水的信封自动打开
掉出你我热泪如分币
野鹅的
灰光惊险、神秘

战争时期的幻想

暮春的夜里，樱桃树
突然打了几个喷嚏
小男孩，从枝头跳下来，飞快地
吃掉了那些樱桃，一串冰凉的火焰……
汁液飘散着，在胸前一闪。
天空别了枚古老的月亮，
目睹着所有罪恶，而他在我们的
幻想中，快过了一挺德国机关枪

海　上

当海湾又一次
探出冰凉而饱受拒绝的手
无线电波正在城市焦黑的额头上
噼啪作响，空气中
仿佛永远有物在焚烧

这一切将我们推向
海，半是咸水，半是赞美之辞
潮水在脚下试探着，又急遽地
退回，我们站在一个国度
因想象而微微起伏的边界线上

孩子们早就来了
在柔软的沙丘上建造城堡
厮打，嬉闹，阳光给他们镀了一层
金光闪闪的甲胄，小骑士

要跟着母亲的耳语回到家里

而我们上船，我们听得懂那永恒的
来自海上的召唤。在波浪翻卷的
青绿色的脉管中，我们的小船
去往她的心脏地带。明净的岁月之火
将我们漂白，我们听到她说：

“靠近我，我就不再节制我的优美
和狂暴，你，我爱的小人儿
在我平缓的面颊上行进
你摸到我火山口的泪管了吗？
它们已沉寂多年。我腹部的水域

是危险的，布满暗礁、岔道、海藻
种种迷人之物——若你痴迷
我们会痛苦于相同的激情，它消耗我
又使我胀满。无情的浪子啊
你多么自由，抗拒着一生的宣判”

我们前进，当女水神在远方
转动时光的肩膀
群岛的花环在她颈项上闪烁
风，鼓满船帆像拉开一场雪

海面上燃烧着无尽的黄昏

我们是受了诱惑的，但我们爱着
塞壬之歌里，那死亡的余韵
噢，我们的航行是朝坠落加速
等待着船只在下降中倾斜，
箭矢般指向天空的一刻……

我登上前甲板，桅杆一样安静
一只海鸥的灰色闪电
突然击中我，穿透我辽阔的听力
我想象着盐在海面下的
溶化，在月光不倦的压迫中

我的爱和呼吸，都已潮汐般完美

刘可的诗

刘可，清华大学建筑学院建筑系2015级硕士研究生、2018级博士研究生。曾任清华文学社社长。作品曾发表于《星星》等。

感觉之外，事物之内（组诗）

远　信

昨日我去取信
房地产新作　留学指南　医保账单　还有
静静躺在事务性遗忘的箱底
你细细打磨过　北疆的晚秋

这边的春天已经到访两三星期
布尔津的绿恐怕也细密覆盖了满地的白
这迟来的晚秋　清冷却没有减少一分
依然提示我粗心度过的上一个秋天　是虚妄

你邮寄了发黄的树冠、夕阳和湖边的小木屋
我已许久未认真看过一棵树
我灰蒙蒙的眼和这个工业城市灰蒙蒙的天相似得可怕

你说你去禾木　去县城　去偏远的沙地村庄
你说那里的手抓饭你一顿可以吃上几大碗
你说你将要有自己的冬不拉　即使在内心里你们十分遥远
你也说起你的学生们
你给他们讲诗　作画　唱歌
看他们跳舞　欢笑　长大
像我们曾经一样

我在这里不好　也不坏
我做圆的、方的、绝望的方案
我参加各种会议　也被各种会议参加
我也读诗　读里尔克　读朱朱　读特罗斯特罗默
偶尔抬眼看见去年冬天你回来
在宿舍楼下赠我的图瓦人挂件
它们朴素　有神力
还愿赐我一些痛苦的挣扎
那夜　我们沉默地走了很久很久
最后你说　你新买的靴子很漂亮
我看到简讯时不自觉把脚往里收了收

说到冬天　你曾给我看过一张冰冻的河景
大地上只有触目惊心的黑和白
想来你无数次去到河边　长久地凝视这片大地

脑袋空空　直到你爱过的人全都挥发

你一定生活得单调　丰盛
读诗　写作　走路　吃饭
这样　你才可以洗净自己　到河边打一桶晚秋
洗净　晒干　打薄　压实
做成一张薄薄的远信遥寄给我
我却从这里看见了你四季的孤独
和我们无尽痛苦、漫长的人生

冬　别

观看，是一切的开始
为了感受幸福，我们必须走入不幸
如是，我第一次感受到人生苦痛的漫长

雨，我们必须走进雨，才能带走干燥的记忆
第一次进入的时候，雨是三月的灰，包裹着麦子腐烂
　　而离开
(不，我还不能离开，我还没有看够)
这个迟来的秋，悲剧般的日子
依旧坚韧，鲜亮

（谁曾料到离开）
整个夏天我们不在屋外等待
雨，便在等待
麦子的鸟群，妈妈
（难道我正在离开，难道我能够离开）
干燥的记忆有终年的雾
我因而接受：我所习得的伟大来自
春，是扎入湿润草地的
羞怯，最终带我走入
（请求你带我走入）
　　　　　那浮雕般深重的拱形阴影

雨在屋内，而我在路上
落雨，进入一座城市最好的季节在黄昏，离开
却是清晨。收拾停当，此刻
是什么欲说还休在感觉之外，事物之内？
离开的那个晚上，一夜无眠，我
睁大双眼，才没有错过行将结束的冬
用整个南方的雨为我送行

芒果自杀

为了与大地分享对天空的想象

选择坠落，即是
选择干瘪，选择拒绝温暖的胃，拒绝成为价值的同谋
饱满的羞留给枝叶，而姊妹去享触犯的喜
——今年雪山的气候正好

今年雪山的气候正好
牛马交会带来冰雹，也不会砸伤偷听的鬼
山气推着雨跑
烟送啾叫的喜鹊离开清明
天空偶尔失落微醺，鞭打山河
幸好月色　凶猛，温柔
迟钝的知觉要慢慢去炖
幻想冒泡以后，选择接受残酷，即是
选择原谅，选择满足花的念头，满足成为错误的自身

纵身去毁一片大地的净
每一颗芒果的坠落都是一次危险的飞行
甜蜜地去烂，去醒，去骄傲地宣布：爱已失败
我没有忘记雪山也曾是大地
你却执意用离去践行一颗芒果坠落的寓言
一颗自杀的芒果知道：
今年雪山的气候正好，正好可以承受一个人的背影
而我承受了大地的角色
　不比你的毁离天空的真相更远

也不比你的绝望离爱的欣喜更近

岛的语失

乌鸦一叫，露珠应声
割入我的眼。我关闭耳朵
去看，关闭嘴
去听，沉默
是唯一可以忍受
沉默的方式。无限的时空内，唯独人
可以死无数次，沉默见证：
每一次遗忘，必得哀号一声

而人只能沉默面对：
梳风，梳月，梳微寒
照川，照陆，照临江
　　　　　温柔的剑鱼
负责奔跑，喜鹊
负责歌唱，荧光的鹿
只负责露出一角，表示：暗自打量的娇怯是这个岛，
这个岛为自己取个好名字的
绝佳动力。但你不能说，

你只能看。不能说的语言
不必存在，那么名字
也不必存在。无名的死士暮寂中闯入
夕阳哭哑的大地。翻遍每个口袋，他
小心翼翼。名字却总是健忘：
对于冷漠，他们都负有责任

有多少次死，就有多少次
诅咒的开始。语言不可上岸，岛
不再需要是盛装抒情的即时炸弹，也可能
活得兀自。牛马交会，并不彼此诉说
今年雪山的气象。人的部族里，抱猫的独眼郎
最有资格获得幸福。对一只鹿来说，一颗叩入水面的雨滴
比名字重要。漾起的纹带来惊蛰，只有喜鹊
可以歌唱，而不必，被语言责罚

而我。我，
我口衔露珠，只能沉默地坐着。时时担忧
一张口，金腹粼粼的银鱼
就会因暴露而死去，乌鸦
就会哭泣

枇　杷

这是你的、最后的枇杷酒
来自前年，不祥的果树

果树是不祥的，而鸡舍与危险无虞
日日拾取澄金的果实，免于等候
全家强健，不制于节令，人疾，与静止之咒

出于跌落，这滴酒比往常
多一分疼。大于两份的糖是必要的
三份枇杷因此不那么苦
而苦，经诊断，已终止于断裂的膝骨

一次关节的不成功的丰收，酿制了全新的果园
曾经劳作的山林，鸡群健步如飞
骨干愈固
肺叶张翕清新之气

肌肉的组织从未如此明晰
心材往复安住

从今往后，枇杷酒就是枇杷酒
唇齿间滋咬的，只有甜

仇哲君的诗

仇哲君，清华大学社会科学学院国际政治系 2015 级本科生、政治学专业 2019 级硕士研究生。曾任清华文学社社长。

缪　斯

缪斯死了，向我身体
伸入一条躁动不安的能指
我隔着车窗一遍遍观望她的死去
直到所有景色都沾染危险

悄悄盛开的、她的一朵朵姿态
钻到长裙的褶子里，红扑扑
话语里那句仄音，鸟喙一般啄我
（把井口叩开）那一条烂苹果一样
不断扩张的能指，躺在
我发丝一般织搅的器官上

为什么，不能透过挡在记忆前的家伙
透过那双被阳光淋浴，又关上灯
鬼魅一般缥缈的眼睛
来凝视你呢？

夏天像墙纸一般崩塌
而灰色的血液，
从靛蓝房子里面蒸腾出来
把呼吸都打得湿漉漉、
湿漉漉从江南落到北方
纸含不住欲滴的火

梦中行走的人们填满夜

梦中行走的人们填满夜
暗黄色马场平铺都市的幻想
我是两支街道相撞挤出的树
住进无意识奔跑的声音

乌鸦男女流淌黑色的体液：
一条松间鼾鸣不已的河
把一句情话弹出涟漪
墙壁们默祷又窃取新的爱

零下十五度的日子
多么脆弱的关系都结冻至永恒
我恳求点燃炼狱的火天使
延迟朝阳，不致惊起
虚空，虚空与虚空凝成的鸟

水中舟

雨靴勒死在急流中
我盯着窗子和窗子更外面的水幕
晕船一般的恶心
到底如何在日常的潮水中找到起点？
哪怕寻一叶苇草般的缰绳

活着的日子被压缩到交谈的日子
我说“好的，没问题”，说“可以，可以”，
说好的又说可以又已经没必要再说了
我在用无意义的词汇攀爬时间
等它像鱼的泡沫像雨滴一样破裂
于是生活再度被打湿而增加了重量

如同将要沐浴一般
如同洁净卫生间的四壁
目光被那么多干净而纯粹的东西反射

所有的态度都会回到自己
到底如何在日常的潮水中找到起点？
我向十一层楼下的红雨伞伸出手
湿漉漉两个小人儿
祖父弯腰，捞起顽童的靴子

步行道

我最爱的那支调子淌过苏州河
小跑步钻入浙江路桥的石墩
如此彻底的叛逃
历史与污秽登上小轮
“不了，我们早已满客”
你看天上正包含脓水

只剩下透明的路口
不如打伞为其绘出雨渍
不洁是不被允许的吗?
雨中那些仲裁的小银针
穿透我们皮囊
罪人们也曾裸着灵魂接客

我已摘下所有九张面孔
庞大的记忆沿途奔散

一部分年岁困死在上海
是夕照下，老仓库偶尔的紫血
凝视的同时，我也饰演着新生的你
变成你的舞姿，长裙褶子与面颊的绯色

酉时，你漫步在我洒满雨花的前额叶
扔掉音节，或索性被夺走
你邀请我品尝潮水般翻搅的言语

黑　雨

我的童年被抓进一场温柔的黑雨
沥青一样，魔鬼的涎液—养料裹紧我
襁褓动作，在凝视的只有时间
直到儿童嬉戏，沿着记忆木阶一脚踩空
同一场黑雨在今天重又找到我

这个琐事再度填满了的晚上
我仿佛见到木床上的奶奶和爷爷
为什么不打开灯，把所有的鬼挤出去
然而确实话语在挤压我
农神的眼睛，和捏着肩膀的手

我不过在拖着一只婴儿期的脊椎
一年年切碎、拉长，像街道牢牢拽着的影子
故事在皮下留置，随时被新事物拷问
让血液一点点抽进记忆，过于饱满的

记忆，哪怕涨成紫红色坏死也要……
而当下何尝不能是未结束的过往

历史的本意究竟是什么？
母亲没有出来，她用收音机的声音监视我
一次次这些遥远的东西审阅
让我一丝不挂，却又脱不掉衣服

陈敬瑜的诗

陈敬瑜，清华大学能源与动力工程系2016级本科生，后为能源与动力工程系直博研究生。

晨钓人

你是面朝大海的升旗手
高举旗杆，呆呆地
荡在被浪花玩弄的秋千上
凝望面前撒满面包屑的路尽头
那位不解风情的姑娘；
你高举旗杆，作为她的登山杖
要在浪与暗礁的情话中
送她攀登青天，告别尘世
无所谓身后人指指点点
或头顶盘旋着的海鸟嘲笑
你感受她似是而非的温吻
直到晨露湿了鬓发；
才发现……她给你的路全是泡沫
浓雾中的感情不过谎言一场
晨钓人，你是不解风情的汉子
日复一日地，目送她

从路的那头消失在触不可及的青空
你的故事无人铭记，直到我
模仿你留下今天的露痕

致鸦群

你们麇集于十一月阴空
我久已忘怀的仰望之所
哦，昼伏夜出的翔吟者
晨曦的萨满，余晖的巫师
着黑夜织染的祭袍
每每复活光明，又将它献祭

你们盘旋于疏朗的梧桐
为腐朽的篝火祈福
吟幸福之章，时间之歌
鲜有人参悟这咒文
凡耳中的凶兆，靡靡之音
竟是箴告众生珍惜每个晨暮

新民路上，车轮匆匆转
没人理睬头顶的黑龙卷

无头苍蝇般，嗡嗡忙碌
风刷着苦涩的和弦
天籁与人籁竟发出不和谐音！
我竟亦移调，泯为众生
拧松的心弦，渐次的诗焰
当初自诩能对话万灵
当久沐寒风与流水般琐事
我竟亦盲目，放任晨暮

珍惜晨暮！想对日子敏感
循你们不重样的轨迹
献祭，复活，日日新
想重拾仰望时的零碎感动
比方造访喜鹊林的故识

大学精神，凭风升空
竟成我牵不住的独立、自由
但风筝招来黑压压一群
你们的仪式使我踏实

马骥文的诗

马骥文，本名马海波，清华大学人文学院中文系中国现当代文学专业2016级博士研究生。高中时期开始写诗，曾获“十月诗歌奖”“柔刚诗歌奖”“未名诗歌奖”等奖项，参加第33届青春诗会，作品发表于《诗刊》《十月》《上海文学》《西部》等刊物。出版有诗集《妙体》《唯一与感知者》。

粉刷工人

你从窗户中看见他们的时候
十一月正如炉火般隐去
奥尔巴赫说：“我们的准确性”
你看见自己的影子
正渐渐与他们的迷宫般重合
这是有关光荣的修正
你放下书，觉得室内寂静如海底
他们正被两条细弱的绳索吊在空中
谈着天，并对墙面施以雪白的爱
下午的阳光正照在他们的脊背上
显示出某种神圣的流动
那些不容回辩的真实与细节
在你不断熄灭的瞬间给予你支撑
然而，你从未假借过它们
就像你此刻并不是在陈述
而是被陈述

你的形体、愚笨的绝望和痴迷
正在一个天使的地界上被编纂
它们将会在某一日成为一份供词
来预示你和你的爱
你确信你将会在未来回到这一刻
回到这枚紧握的手掌
以及由它所创造的风景

游仙诗

雾月夜，二十四弦奏苦心
明光闪闪，这难以寻觅的真人
在梦，在物镜内，挑选你
四万万雨滴入金目，成为先前之水
你，一道例外之光的末尾
在星斗之间掘取句群的甜
紫马与飞萤，停驻在郊外的河面
等待此刻之手，沿着万物金色的遗迹
在众人炙亮的大渴望中遨游
哦哟，你看，那虚幻即真实
群仙之草，葳蕤如命
胡达的谦逊者在乐园内宴饮如雪
然而，在这一切超绝的完美中
只有你，因为爱而感到隐隐的缺失
那无限飞奔的人，是他唯一的他者
成立于野火和爱欲

在远巡之中，你发现更美的
是柚状闪电中，另一个挺立的爱人
赤裸又颤动，带着最后的雨季走来
成为你唯一而永恒的胜利

从北大图书馆回清华园途中遇雨

乌云花冠，倾斜着，
以洪水的方式降临到
我们中间。每一粒
壮阔的雨滴，都是
一个痛苦的吻，狠狠扑在
你我的脖颈、脸上和全身。
多么紧张，出了燕园东门，
穿着单薄衣衫的青年学子
抱臂奔跑过马路，而他们的
背影，在一次又一次的
打闪中发出凄凉的白光。
像这世界细弱浮荡的灯！
你骑行在前面，以钻石的
速度冲刺，而我则夺命般
跟随。手臂和头发，
在瓢泼的雨中变得新鲜，

一些永久的尘埃正在落下。
然而，雨势变得更大，
你那哪吒附体的身影，
早已随告别声，远远消失在
前方的雨幕，使我彻底
松懈在这水的魔宫，被
一份奇异的耽溺持久俘获。
那一刻，我只想以我的方式
行进在这人生的奇境中感叹。
不是冒雨赶路，而是
在它之中就此完美地死去。
多么好，这遭遇将会
激活一种新鲜的承领和担负，
涉水而过，带着我那张
喊叫水的面容，身心全湿地
向着伟大而哀感的人间挺进。
也许人生的灿烂，莫过于
在那一天，终生的雨
仿佛都已经被我尽情淋过。

夜操场

一

二十二点，挑灯夜读的肺
在戏剧末尾，终于呼出鲸鱼的感叹。
我擅长观察人们的面目，
每一夜都是惊心动魄的风景。
关灯、出门，留下一屋命案
和求救的声音。用衰弱的食指
轻点“下”，借电梯重回惨大地。
冬风吹进来一批好青年，夜班的
女楼管瑟缩在大厅，苦熬等待
下个月的工资，节日，和死。
“多么不合理的一个世界！”
我要出去，终生都不再返回。

二

星光稀少如你，零下十度的女同学，
被情人送至楼下。这是她的良宵吗？
我也要温顺地走进它？也要
遗弃另一个我，做你的宾客吗？
对于完美的你，我将永远迟到。
你也会撬开岩层来爱堕落的我吗？
影子，全是影子，而我喜爱实体。
在兵器的冬夜，你要记得扣紧衣帽。
哦，努斯拉法特阿里汗，我的
卡瓦里皇帝，你的歌声通过白色耳机
唤醒着我。知道吗，有时候
你的优美可以让我变成安拉的蝴蝶。

三

操场上，十二个人正跑出搏命的
姿态。一直以来，我都是闯入者，
携带整个星球的尘埃和冷雪，

格格不入的你，怎会不解我的心？
塑胶跑道上青年的我，该如何
配得上这宝贵的岁月？　难道，
我也要归顺于苟且的生活，
美其名曰，为了诗？先贤啊，
我想要过得诚实，突围的我
仅是一只想要寻求异路的笨熊。

四

一公里，两公里，三公里，四公里，
午夜零点的跑道像极了人生。他们
均已离去，只剩我享受这宽阔的寒冷。
细汗从脸颊流下，比动词还要迅猛，
脚掌火热，而头脑清醒。那些死去的脸
又在我的体内复活、显现，桃花般
亲切。（我必将带着他们的亡灵活下去。）
也有晚归的男学生路过，踏着自行车，
吼一声狂放的歌子，冲向熄灯的公寓区。
而我，还在跑我自己漫长的马拉松。
寒夜，只有我仍在孤绝地迈腿和喘息，
仿佛一匹夜行怪兽，耽溺于一生的痛苦。

唐祈，一九三八

这是抗战的第二年，中国上空
飘飞着东瀛的灰罐子，专门带走
美的魂灵。这一年，少年的诗人
与弟弟跟随母亲从南昌来到西北。
这一路，新奇的世界正在他面前
一页一页被打开，辽阔土地上的
风物和族群，成为他身体新的部分。
多么神奇，观看不停地赋予我意义。
不仅蒙古族的女人、仓央嘉措，
也是人生的诗化与成熟的心智。
在地理迁徙中，他荣获两份礼物：
宽阔与深邃。是的，如他所说，
这是“一生的珍藏”，比宝镜更美。
那不同于他的，不仅不是敌意，
却是精神的泉水，汩汩引灌着我。
怎么说呢，在差异种种的今天，
诗人仍是我们要学习的好榜样。

陪外祖母坐在傍晚的天安门广场

终于陪你坐在这里。入秋的北京，
傍晚已有些寒冷。可是，我们
一直就这样坐着，沉默地看广场上的
人群和风景。出生于 1940 年代的你，
一生从未坐过火车，更没来过北京。
这一次，我们鼓起甜甜的勇气，
把丧夫不久的你从痛苦中救出，
经过周密安排，接你来北京游玩。
知道吗奶奶，当我和你坐在这里的
时候，我幸福如一枚灿烂的战士。
有那么一刻，我已钻石般确认
这会是我一生中最伟大的成就。
我带你去了牛街、北京城西北角
我读书的校园，还有八达岭长城。
（你是爬不上长城去的，只能在山脚
等待着我们下来，默默在那里打盹。）

然后，我们就坐在这里。你穿着
灰黑的外套，搭一顶洁白盖头，
晚风时不时吹起它的一角。红的云霞
正在西边的天上丝绸般飘扬。奶奶，
你眯着眼睛观察这陌生的城市，
不苟言笑。在这几千万人的大熔炉，
你实在太与众不同，然而现在，你
也以你恰当的方式镶嵌在人群之中，
如一枚星球在种种引力间环绕出
自己独特的一轨。有外国友人和你
打招呼，你惊醒般看着他们。
故宫中的几个白人青年围着你
想要交谈，可你毕竟不会那洋气的语言。
迎面走来南亚模样的人问候你色兰，
你就以中国的语调亲切地回复一句。
几个本国青年好奇地打量你，你却
礼貌地从不回看人家一眼。奶奶，
在这五彩斑斓的大都会，你的身影
像一只衰老而疲惫的斑马，在北京的
街头、地铁和公共汽车上神秘地闪现。
有时，我搀扶你的臂膊就如攥紧我的血。
你虽缓慢，却兴致高昂，在这现代化的
前锋之地，你连连称赞，又连连哀叹。
几日逛游下来，你满足而失落，

再也走不动了，再也提不起好兴致。
（“回，还是我们那个地方好”）
哦，奶奶，你也遇到和我一样的
问题，可是你还有自己的好地方可回，
而我，似乎一生都将流浪，到处漂泊。

未　来

——悼李进祥

一

打开的那扇门，又在我们身后
紧紧闭上。眼睛，眼睛，古老蝴蝶
从一块薄冰上折射此刻的人类遗言。
女人，从世界的祭坛前来送葬，
全部黑暗的温柔之水，将托载着你
抵达明天的岛屿，野兽把所有的
嚎叫献给你。我看见，你在未来
被一滴一滴地数清，土地之母的
陶罐内，文学的盐粒会是我们最后的
剩余。请让我屏息，携带我体内
疾病的战栗，以幽灵的步伐，缓缓

从你河流的埋体边绕过。我将痛咽
你的伤口和死亡，亦如痛咽我自己。
我看见你紧闭双眼和嘴唇，灰烬
一样沉默，灰烬一样纯粹。你我
脸颊上，共同承载有冰川和大海的
语言。这是热爱，无限水的复活，
已从那未来的洞穴中，冲刷出远古的
金币。悲痛，悲痛，一个残损的我
在不存在的我以内，纪念你。
这幻影，这活过，这骨心的一触，
把你我生命的磁针，指向最终的
优美极点。愿唯一的美人迎接你。

二

你是清水河最光荣的儿子。黝黑
女人的泪水，在今夜，只为你一个人
落下。四个穆萨，他们头戴王冠的
白帽，红着眼睛，抬着你的埋体
行走在贫瘠的高原上，深沉如铁。
知道吗，当真主的柔指轻叩你我的
灵魂时，我们含笑着应答。多少次，

从顿亚涌来的细浪，一遍遍把我
冲垮，我倒在血泊里，无限奔溃
如天鹅。死亡，这是多么神秘的
一条纽带，我常在上面打磨我
锈钝的刀刃。是的，你已渐渐冰冷
如一支燃烧的箭，在天空射穿世界后，
一头扎入泥土。这不是结束，而是
回归。在这雨夜泥泞中赶路的我
将再次确认，这死亡也是我的。
再也看不见你情义的脸，你的手
及其弹奏。这陨落突然振动了我，
将持续激起我一生星球的海啸。

诗人酒吧

请把灯光调至蝙蝠级，以便我们
可以被深邃的事物观察。九种题材，
对应九种气度。如何喝，就如何写。
哈哈，每一夜都能看见新少年，
从天边冒雨赶来。他的手掌落满
雨水，需要喝一杯才能变得温暖。
管风琴手，正弹奏属于未来的乐篇，
我们都坐在宇宙适合的位置收听。
这是避难洞穴，流浪人聚在这里
长久地谈论心灵。彻夜的彻夜，
多少幽灵一一从我们口中复活。
他们在篝火上跳跃，照亮你在语言
险地上耕作归来的脸。没有人
可以阻止我再饮一杯这深情的酒。
爱人离去的冬天，你行走在薄雪的
郊外，练习一生的寒冷。足够多

河冰在我们身后崩碎，足够多人
陷入自己的故事，再也无法走出。
我披荆斩棘来到这里，只是为了
重新找回被我丢失的海洋之心。
一些人群离去，更多的却正在走来，
诗人酒吧即将迎来新的一天，我
也将再次从这里起身，去世界码头，
搭载你魔鬼的帆船去一片新海巡游。

新年祝福

新年好——新行星——世界——家！

——茨维塔耶娃

时间花园，荒芜小径的交叉处，
我们（一些被扔掉的残损礼物）
又将在这个蓝色星球的不同时区，
守候一个嫩绿而剥夺的时刻降临。
铁器轰鸣，万鸟朝着惊叹飞去，
只有此时，我们拼接为一个物种，
在不舍昼夜的流水中爱慕的物种。
每一秒，未来妖娆如美人，因为
痛苦的人类只有未来一个出口。
可是我已经不能再等待下去，我
正泥泞在艰难的北方，只能借着
幽灵月光，为你送去一篮篮燃烧的
野雪。这是我仅有的赠礼，美丽

一夜，我为活着吞咽所有灰尘。

斑马从滑梯落入深河，水面银光
闪耀我人间的歉意。被时间雕刻的
也在雕刻时间。就好比，谁可以
解锁诗歌的冰抽屉，谁就会成为
新的奇迹。宇宙魔镜永远供幸福的
人居住。他们在里面划船，浪游，
沉稳度过甜蜜的一生。而我的甜蜜
将在未来例外的野地。世界舞会上，
还有什么是你我不能承受的？即使
再多的夜，再多的血。我只能向你
说：祝福！祝福！一遍又一遍通过
狮群的吼哮和火山传递给你，也会
在薄冰、土壤、露珠中对你说。这
问候必将抵达你，直到热爱，直到死。

在春天种下一棵无花果树

让我以瘟疫中逃脱的手种下你。
让热情的雨水浸透你，然后告诉我
春天不再是另一场寂静的死亡。
让一切真理透过土壤启示我。
今天，这里不再是残忍的滑冰场，
人们将不会看到我在影中滴血。
南方，紫的天空上正睡着我的爱人。
让我把全部羽毛的赠礼埋在这里，
你光荣的根须，需要圣手挽回。
我将你作为我的灵魂来诵读，
灰烬的每一秒，泥泞的每一秒。
亚洲腹地的少女，将会在你的
枝叶与果实间迎来她们的婚礼。
如果你是仁慈的，请使她们永远
甜蜜。在全部微风破碎的日子，
让我期待，让我降临。

雪地中央的红椅子

整个十二月，我们都在为遗失的珍宝
而难过。有时你倒在我的怀中微微哭泣，
炉火燃过一遍又一遍，而我抱着你，
却毫无办法。秒针，在我们的肉体里

来回穿行，将玫瑰带去，只留下刺，
供你我长久磨练。夜空正撒下新的雪粒，
雄心壮志的海员却逐渐衰老，他的
手掌，在时间的拉扯中晃抖如金属。

你渐渐睡去，像个从野地归来的孩子。
而我作为你鬓发灰白的伴侣，将继续
在无数夜晚陪护你，像个温柔的战士。
让我点燃马灯，提着它，走进这长夜，
独自寻找被你我怀念和期待的事物。

让我向雪地提问，并且请它来回答我，
什么是未来？什么是热爱？
当我走过土壤、暴风、星辰和芨芨草，
也请它们接受我的问答，并给我启示。

有时，夜的冰冷手臂会紧紧扼住我，
透过你绝望的皮肤，我变回一滴水，
吊坠在草尖和脸颊，消失，然后飞升。

如果不能，如果海浪涌得够高，
我也希望在最高的雪地中央，变回
一只红椅子：纯粹、洁净并且神秘。

当日光和月光演奏我，当蚂蚁和羊群
从我身边浩荡穿过，我也该重新发明
新的乐章，这几乎就像一种天命。

冬日海滩

椰树如新娘，谁还会向万物的指挥手
致谢？劲急海风里，你我都是许愿人

如果不能读懂海，那就请海来读懂你
未来银盘中的新樱桃，正喊出我降临

猜一猜，大海的词语将会怎样绽放在
花朵里？并在深水下弹奏灵魂的坚韧？

孩童逐浪奔跑，散步人总是心事重重
这是二十一世纪，快乐的同样在快乐

忧愁的同样在忧愁，不如握一握细沙
在这金属的年代，试试什么还值得爱

哪怕怪丑而恶心的花朵，哪怕莎乐美

宇宙闪耀，就让我成为它极限的极限

新的凛冬已至，谁在欢度节日？谁在
收获礼物？万物都温柔，且行且珍惜

来自北方的斑鸠

一

灰的精灵，灰的火焰
在北中国的天空游行，
它的普通，就是它的奇迹，
遍布于地域、时间和记忆。
这些北方的众乐手，擅长
用湛蓝的胸腔，为星球编织
声音的发辫。在流水、血液
以及全部亲密的影子中摆荡。
一些事物从来不会被我们
认识，但当失去它之后，
我们才会真正明白它的意义。
就像此刻，我在宇宙的水底

又一次听见它的叫声，咕咕咕咕……
这不是幻听，也不是回忆。
当它沿着祖国的边疆传来时，
我发现，我自己就是一只
在生命旷野上鸣叫的斑鸠。

二

你的模样，你的姿态，比金属
更纯粹。当雨水淋过贫穷的坟堆
和村落时，我看见，你降落在
大丛的仙人掌上，站立在花和刺之间
如同众圣女的脸：于水滴中避难。
傍晚，呼唤声从大地四方响起，
你惊飞的同时，花粉也如亡灵
纷纷落进土壤，返回语言的根部。
这里居住着北方的民族，他们
在你的声音中，出生和死亡。
而那些失乡的人们，将永远
生活在对这声音的擦拭和纪念中。
它混合不同的母语，恢复着他们，
赡养他们的灵魂，是的，就是赡养，

如雨雪之于土地，光亮之于瞳孔。
一遍又一遍，女人和男人谛听它，
啜饮它，伴随它的鸣唱沉入爱意，
在桃花里回应极致温柔的召唤。

三

绿夜里，群星是爆燃的词语，
它们在寂静时总会无限靠近你，
将你壮大，成为幽灵中的幽灵。
隐微的最明显，无用的最有用。
让我在乱石山岗里继续行走，
采撷露珠、野风、天籁和星光……
让它们治愈我，缝补我，
点亮我身体里全部的塔。
更远的时刻，你衔着碎陨石
飞过摇荡的芨芨草，站立在
北方的屋檐，谛听人类的故事。
这些故事一经说出，就像风一样
消散逝去，只有你的鸣叫
会将它们记住，保存，流传。
从兴安岭到帕米尔，从松花江

到伊犁河，声音创造认同，
我曾向人们致以斑鸠的啼叫，
人们回赠我珍宝：根须般的心。

四

那时，北方的夏季酷热而漫长，
女人遮盖头颅，带着她们的孩子
在辽阔土地里弯腰拾捡麦穗。
她们的手臂粗壮而黝黑，滴着
汗水，在土壤里凝结成盐。
轻旋风从远处戈壁上游来，
又从她们的身旁温柔掠过，
麦浪翻卷着，在寂静的白云下
发出嘶嘶鸣叫。风带来凉意，
吹动人们的衣襟和念想，把
他们从少年吹成老年，然后
又使他们成为黄土中的一粒。
那时，我睡在日头下的麦地里，
瓢虫落到我的脸上，蚂蚁咬着
我童年的脚趾，我嗅野草和
泥土而眠，那时我梦到什么？

五

长大后，我落单为写诗的人，
有时，白纸摊开在北方的桌面，
我坐在一把旧椅子上，慢火车
在窗外远远驶过，在这种寂静
而孤单的时刻，几行汉字开始
从笔下涌出，由溪流成为江河。
伴随这内心声音的鸣颤，你
在野地或高空，传来富饶的水晶，
一颗一颗将时间堆叠为迷人堡，
我们将永居其中，离乡的还乡。
飞游山坳、村镇、沙尘和雨幕，
你站立在碧绿或金黄的圆形上，
（尽管它们已被抹除，连同心）
观看他们如何沉沦，如何枯萎。
我曾在你的身影和声音中学习，
你教会我在不可抗的迷雾里，
要时时记得温柔、谦卑和希望。

六

冬天，当新雪舞蹈般落进唇舌，
牧人也怀抱幼羔骑马归来，
夜里，我们围炉而坐，听他讲述
远方的传奇故事，那时每个人的脸
都平静可爱。这是北方生活的
历史，每一个心灵都平凡且高贵。
我们这群流浪已久的斑鸠，
正被寒冷夺去词语，我们无法
鸣叫，我们将沉默地消失在
边缘地带，成为另一座遗迹。
那时，我看见你落单在风雪中，
匍匐在庭院角落避难，如一粒
灰玛瑙，从仙人的裙裾上
滚落。是的，我曾经想要救回
你，可最需要救回的是自己。
我反复诘问，扑困雪中的是谁？

七

于是，我走进风景的背面，
握紧你局促的冰手，随月光
摇摆，夜游的新人终会听到我们
熠熠共鸣的嗓，火因此而升腾。
什么也不能夺走它，即使洪水，
即使岩浆，这声音仍会响彻在
北方，无论低沉，还是高昂，
它会在万物结晶、分解和蒸发的
时候显露自身。当它越过
人类能力的一夜，花朵怒放，
新娘醒来，世界将重新汇合为
一场伟大的交响乐，生生不息。
我仍会在失去和拥有之间
发出我微弱的喊叫，直至死去，
就像你，无时无刻在北方鸣叫的
斑鸠。

放 射

会不会有一颗星
沉落到我的位置，去抚慰大海?
——雅克·杜潘:《对自我的遗忘》

重新攀爬，重新拒绝恶的叙述。
我醉心于风景里的绳梯，火簇
燃向未来，它抚摸并保护人的
潜力。新站台，雾中眼睛正在
因热情而消失，谁还在拷问水?
不用说出假肢，不用把新天气
拆毁成疲劳，手反射所有遗产，
大地的边界被花朵淹没。长长
骨骼的一端，蓝色钟声沿遗忘
飘荡，故事仍会在相信的土壤
里生根。还有什么能将蚯蚓的
判断引导给我?让我借它重回

极端的翅膀，填补信心和勇气。
追寻词语和精神的水源，并和
岩石争夺名字。如果无法参与，
如果想象被囚禁，那就让我们
降落到所有悲伤贫穷的泪水里，
永栖于大陆忍耐和宽容的手臂。

张姝钰的诗

张姝钰，清华大学美术学院视觉传达设计系2016级本科生。

红槐花

厨房里
有早晨剩下的豆沙
还有冰箱里拿出来的
粥
米酒黏黏的
挂在瓶口
窗外的红槐花
和糖的气味混在一起
溢出纱窗
初夏
逆光的叶子
要滴出青色的水了
热气蒸腾着
看槐树下
槐树下
就要下一场甜味的雨了！

南　瓜

月亮和人
全都是我的幻觉
如果没有我的恐惧
它们便没有任何价值

我为了成为永恒的一部分
把自己从记忆中抹除
假如我从此走失
像四散的星河
回归无穷的宇宙
不也是可能的事吗

我曾经有机会成为仙境中的爱丽丝
但可怜的我
依然找不到真诚炽热的心灵
可是

我明明还在写关于樱花凋零的诗啊
为什么我的心里
都是密密麻麻的圆点呢

南瓜鼓起的肚子里都是散布的波点
成了花斑状的网
从这张网里
我仿佛看到了生命

旸子的诗

旸子，原名陈旻道，清华大学人文学院中文系中国现当代文学专业2017级硕士研究生。

房　间

好吧，我们不再待在气氛怪异的田野里
消磨这美好珍贵的夜晚
看，它有些幽怨了
尽管月亮还是那么平易近人
热情地挽留
我们义无反顾地回到房间
很快，又将是白昼了
在这两三个小时的时间里
我们准备说些什么呢？
人的心就像爱情一样
也总得停下来歇息
那么，就把房门关闭
和它一起沉入黑暗
当再一次醒来，走出房间
我们看到的不再是昏沉沉的月光世界
而是天使的盛宴

父亲的电话

一

我总是会想起父亲的那一部电话
在智慧手机的时代
父亲的黄屏诺基亚
像极了在二十一世纪的影院上演的民国戏剧

二

我总是会梦到那一个又一个的电话
父亲用它和我通话一千零一次
现在，他已经好久不使用电话

每次跟我通话，他都要去麻烦别人的智慧手机

三

更多的时候
他坐在一张竹制的躺椅上
闭着眼睛，慢慢地摇入梦境

四

我亲切地想着过去
可是
我们都已经回不去

信　任

有时我们拥有的光彩
看起来很遥远，你把怀疑
更固执地塞进彼此的警惕
直到我后退着关掉唯一的灯
——我们共同陷入黑暗

关于明天，我们又谈了很久
黑暗中互相摸索着微不足道的星光
什么也看不见，只听见飞蛾在传达它们的嘲笑：
瞧这两个人
——他们在表演文明

你说：还是打开灯吧！
于是我再次回到原点，找到开关
此刻，我握住的是你的双手
——还有炽热的白色光芒

走过的路

那些年我走过的错路
可以从台北开到屏东
那些年我后过的悔
可以沿着玉山直到海沟
有时我懊恼
有时我坦然
人生不就是这样吗？
正是走过的每一条路
塑造了今天的我　今天的你
如果时间真的可以倒流
我们都不再犯错
幸福还有什么意义？

自然的秘密

禾苗的穗子在秋风的催促下，
渐渐褪去绿意，默默地染上了金黄，
那是因为收获的季节到了。
稻子成熟，农民收割，
留下一片土地的开阔，
人们又撒下麦种，
土地在初冬的凉意里，
又迎来了麦苗的翠绿。
土地就在这一绿一黄的颜色交替里，
进行着它播种与收割的传奇。
微小的虫卵在桑叶里蠕动，
经过农民的饲养，成为蚕茧。
蚕茧似乎是坚硬得不够艺术范儿。
但，经过一个夏天的等待，
硬邦邦的蚕壳里会飞出美丽的蚕蛾。
蚕蛾美丽，翅膀舞动着升级无限。

在桑叶的孕育之中，化茧成蝶的传说在人间传颂。
秋风吹来，落叶纷飞，果实金黄；
冬日来临，万物凋零，一片荒芜；
再等春风吹遍大地，冰雪融化，万物复苏，
绿芽悄悄在树梢生发，
花骨朵儿迎风招展，
跃跃欲试地争相绽放灿烂的殷红。
四季更替，生生不息，
其中隐藏的秘密就是两个字“自然”。

监禁中的歌声

勇敢的小鸟，
在翱翔的时候，
能高飞直上云霄。
但在笼中的时候，
它只能垂头丧气，
萎靡不振。
但是，
我，还有你，
却须在监禁里活出另一种别样生活。
很多人也许并不知道，
小鸟常会因受监禁而唱出更悦耳的歌。
而我心的音乐也远荡出了生活的禁锢墙外，
驱散了内心的愁苦与哀伤。
因为，
属天的赞歌都是从寂寞中流淌出来的。
这是一句古老的箴言啊！
古老的箴言！

宫栋宇的诗

宫栋宇，清华大学社会科学学院心理学系 2017 级本科生、英国牛津大学认知神经科学专业 2021 级博士研究生。

它

安逸着。我仿佛死了，如果
失了猛虎、凋了蔷薇——
它们在时，我是幸运的。
不管我在丈量土地，还是

模仿云、鸟的呼吸，我
拨弄着无弦的琴：
仿佛它从来都像星月一样
升起坠落；悄无声息。

可是我停止思想时，空气和
海盐还在我体内游戏；
我还活着，它已经死了，

我不敢安葬它，有时我
只在下一刻活着，活着
不过是等待它重生的那一瞬。

黄语琦的诗

黄语琦，清华大学社会科学学院心理学系 2017 级本科生、美术学院 GIX 设计学方向 2021 级硕士研究生。

文　鸟

鸣叫，鸣叫，昼夜不歇，
急促的，惶然的，
“千代，千代”①
这是你高亢的欢唱呢，
还是泣血的嘶声？

藤木编成的笼子里，
羽声翙翙，
“千代，千代”
是在向主人卖弄你毛色的纯白，
还是在歆慕着凤凰？

这是华美的舞台吗？
还是永不止歇的罪与罚？

---

① 被饲养的文鸟，昼夜不停地鸣叫，其声为“千代”，为追求自由而死。

"千代，千代"
一根横木上，
两只跳跃的肉色的爪

日出的时候也鸣叫，
日落的时候也鸣叫，
"千代，千代"
你是在歌颂着修女①的圣德，
还是在渴求天国的光？
窗外，
是雪坠地的声音，
还是你羽毛坠地的声音

夏目的笔下，
你已死去，
倘若你此刻正在天国鸣叫，
请告诉我吧，
千代，千代，
是有谁来救赎了你吗？

---

① 文鸟也被称作三色修女鸟。

我是一瓶橘子汽水

我是一瓶装满的橘子汽水，
玻璃瓶上细细布满了晶莹，
刺激着无数颗悸动的味蕾，
是瓶盖下浓郁甜美的香气。

放不下我的说没什么营养，
嘴上嫌弃我的还不忍丢弃，
你说没道理，却甘用牙酸，
换我一个值五毛钱的空瓶。

过饥时，总让人万分眼馋；
过饱时，又让人胃里泛酸。
嘿！若非真心请莫要靠近。

别摇晃，我会耐不住寂寞；
别启封，我会如火山喷薄。
热情过后往往只剩下空心。

曲晓楠的诗

曲晓楠，清华大学人文学院中文系2017级本科生、中文系比较文学与世界文学专业2021级硕士研究生。作品发表于《诗刊》《北漂诗篇》等。

竹　妃

竹海深处的妃子
坐进雨里
像是密林细雨濡湿的故人
弄湿了头发，不再言语
那羞怯的一瞥
盗走了雨水的呼吸
雪将目光移向庭院一片白
雪，在庭院里匿迹
雪，擦亮她的眼睛
木屐踏落松林的枝
她说得出林中的每一种花
她被密林关在身体里
多年前的妃子
如今还端坐在远方的竹林里
多年前我曾和她说过一句话
说今日晴朗

说起那场雨
雨爬上一座线条和缓的小岛
雨下满我黑亮的皮肤

施工现场

施工现场远看是一块半透明的绿色荧幕，
只有从楼内部的窗户处窥视才能看清里面笔直的钢骨。
小人在绿色里上上下下，平稳地踩着，
换一个角度看，像浮在草坪上方的太空漫步。
精准的敲击制造着观众的不适，一种外来的叮咬
把声音杀死。小人的暴力打开了防盗窗的铁皮。
随着暴风的拽曳，敲击开始变得狂暴，
某种撕裂的情绪在绿色巨人的体内躁动。
小人拿着盾牌，要在跌落之前起飞，
变成一把降落伞。深夜，整座北京城由电力驱动，
此刻却在一阵微小的声音中走向失控。
我不再能够轻易地描述这件事，
一场绿雨在缓慢地病变，使我们注目着
却不能动弹。声音延续了一整个秋天，
延续了一只小虫一辈子的秋天。

小棺椁儿

旋转的小棺椁儿，
身上还热着。你是我，
呵出来的一口热气，
透明而稀薄，即将消散。

轻拍着你入睡的手掌，
是拍打着海浪的岸。
此刻，正拍打着我，
不要倒下在，寂静的蓝。

旧日排着队，在一串拨浪鼓声中，
落下一列高贵的星星，在你透明的小棺椁。
小棺椁，托在掌心里，
磕坏了额角，打碎了砚台。

换上一床雪的被子，要给你，全部的柔软。

仪式举办在，意识的雪山。
推远你，推向另一个名字和时代，
小棺椁，像一只小船。

烤雪记

在白垩纪的元年，他们篡改冰原的底部。
架起木柴把赤裸的雪烤得生烟，一场雪，
一个通体透明的笼屉在想象里变得清晰。
雪是火的女人，他们在燃烧中举办婚礼。
火，用眼神抚摸过她的裸体，她的唇峰，
彼此吞噬、损耗，以雪崩的规模和速度。
碗橱上的灯芯草与千年前的冰雪的遗体
并无差别，我们在羊皮书上回顾那游戏：
烤一场雪，他能得到什么，一座脚趾形
的虚空小岛，一个生物灭绝的远古时代，
一块爱情的化石谎言。雪没了，火还在。

跌落于世纪交错

1990 年的中国
许多呼吸还很轻弱
清晰的雨声
引诱着我们的耳朵
将身体置换成银白的雨
一些年幼的生命
在雨珠的翻转中降落
被夹进编年史的历表中
不远的日子里
地衣爬上了我们青色的梦
栖身在落雨的房间
一些沉重的东西
于世纪交错的瞬间抛掷到了我们的头顶
“抓住它。抓住它，你就是王者。”
我们兴奋地跑去海滩
搭一个金黄的沙堡

似乎有个古色的王国在金粉里
抖动着睫毛　隐隐再现
一串风暴跌入了海水的底部
我们看见一片金黄的沉默

小红帽

感情升温的时刻，你的帽子变得通红
一个眼神加一口呵出的气，让叶子知秋
我远远地看着，像凝视一片红色草原
光落进了柔软的布兜
那没看到的一部分，在影子里
把留白变成了记忆。小红帽，

冬天下雪的时候，你是唯一的温热。
暖水壶倒出了你的影子，随着你走远
流失了许多温度。后来，我不再能
听得见你的声音，红色的帽子在夜里
变回黑色。我只好将记忆篡改成留白，
用一个帽子，画上句点。

重　庆

茶杯倾倒，洒满了重庆
城市从此就变得潮湿氤润
我们仍旧还保留着我们的稚气
在陌生的地方，得以像个孩子
山门次第关上，倾斜得恰到好处
为我们遮挡，许多不可见人的幼稚
相爱和远处让人变得小而简单
我们把记忆锁进古镇的茶馆
压缩成一张照片，多年后
当我们再度来到重庆
向老店的老板索要
当年的故事
碰倒一杯茶

纸　扇

折叠，将身体像纸扇一样折叠，
把时空都蜷缩进扇骨的缝隙处。
或者，分散到四面八方的风里，
降低不洁的雨水的浓度与分贝。

干净的窗台还躺在少女的锁骨，
而公主尚未骑着骏马，去和亲。
西部的故事，总比我们慢半拍，
时区的分割，精确地切割历史，
阁楼上的疯癫，比现实传得远。

如果我用一辈子来拉一个风箱，
燃起的火将满足一万个人取暖。
可如果想要拉近两个人的距离，
只能在纸扇上将两个名字写在
一起，折叠纸扇，将故事拉近。

张诗语的诗

张诗语，清华大学社会科学学院经济学研究所 2017 级本科生、五道口金融学院 2021 级硕士研究生。

舞　者

天地在她的指尖凝成一瞬
裙裾荡出日月的轨迹
她的眼睛里布满繁星
跳跃着穿越银河的光芒

足尖触及大地
水面上泛起阵阵涟漪
旋转惊起飞鸟
它们误以为暴风将临

每一丝用言语说不清的情绪
都在她的脚步里
身形曲线的环绕里
阴明晦暗的转换里

她骤然停止

旷野间鸦雀无声
如果你仔细地听
河边的孔雀掉落了一根羽毛

赵兴艺的诗

赵兴艺，清华大学人文学院中文系2017级本科生、中文系2021级硕士研究生。

川江狂想曲

纤绳勒进肩膀，听见
伏尔加河上的纤夫①，
喉咙里滚着号子；
号子翻飞嘉陵江的白浪；
青色江边大佛②端坐，
隐秘的微笑模糊在雨中③。
纤绳更深地勒进肩膀。

货船快被激流与绳襻
劈成一根竹竿的两半。
自唱自和的号子，
嗓门干涸，含着烟吐字。

---

① 列宾的画；俄罗斯民歌。
② 指乐山大佛，坐落于岷江东岸。
③ 四川盆地多雨，且多酸雨。

此外所有声音都淡出视线。
亮晃晃的日头在顶上，
眼睛快要睁不开了。
货船与号子紧紧相持。

哎吆哟（嗨——），
吆哦（嗨——）
要倒要倒（嗨——），
要一遭倒（嗨——）
吆吆哦嗨哟（嗨——），
咿喂嗨哟（嗨——）
吆吆哦嗨哟（嗨——），
咿喂嗨哟（嗨——）[1]

江水在身后疯狂倒退，
峭壁上黑黢黢的悬棺。
此时巨石再一次从山巅滚落[2]，
风正吹起啄食屋顶的白帆。[3]

---

① 根据《川江号子》01 选段听写，来自欢庆的专辑《田野录音套装》。

② 指加缪的《西西弗神话》。

③ 指瓦雷里的《海滨墓园》。这首诗再版题词（1930 年）中引了古希腊诗人平达的诗歌原文，加缪转引了其中两句的法语译文作为《西西弗神话》的题词，翻译成汉语："吾魂兮无求乎永生，竭尽兮人事之所能"。

白仁飞的诗

白仁飞，清华大学美术学院设计学2018级博士研究生。曾获“鲁藜诗歌奖”，入围复旦大学“光华诗歌奖”。作品发表于《天津诗人》《青年文摘》《时代文学》《星星》诗刊等。参加《星星》诗刊诗歌夏令营。著有诗集《彳亍》。

目击者（组诗）

目击者

无言，任由岁月在脸上织网
眼睛周围要密集一些
用来惊喜，懊悔，表达忧伤

目光只认领尖锐的东西
比如碎玻璃，新麦茬
比如寒风中的瘦马

假如皱纹再深一些
就可以藏笑，藏刀，藏石块
遇到路口，就抛将出去
让那些晦暗不明的部分
拥有叠加之痛

追猫记

想起小时候，我在胡同里追一只猫
它每跑几步，就停一下
用厚厚的目光，鼓励我

胡同满是青苔，比猫尾巴还短
天空转着杨絮，比喜鹊窝还低
红瓦片和灰石板，用不同音量呐喊

我终究没有追上那只猫
它就像一个长句子，加了再多标点
我也无法读下来

烧　瓷

慢慢升温，慢慢对这世界报以颜色
不要喧哗，用沉默打磨质感

有风景正日夜兼程，从远方赶来

此时冥想是最好的釉彩
有鸟鸣，蝉噪，转经声，渐次苏醒
烧结与彩绘，正当其时
有一首歌谣跌跌撞撞，误入禁区
镀金磨光后，宛若新生

康熙五十七年，一只猫
眼睁睁看着，烈火
把一个人从铜胎中拯救出来
他说出的每一句话，都斑驳似桃花

变　脸

如果疏于照料
五官也会变得荒芜，比如
鼻梁风化，眼角泥泞
张口便是退潮之声

于是，有人种植闪电
有人种植玫瑰
有人生出绿林之心，誓要
在季节的险要之处，落草为寇

在隧道边看车

一辆，又一辆车
以路过的名义
被隧道反复确认，又依次取消
像擦拭一把刀的锋刃
刀是白色的，锋刃也是白色的
最后他们都忘记了呼喊
只是把风揽进了怀里
包括一个遥远的颤栗

第五十一辆的时候，我站起身
这是一个非常及时的动作
离开隧道的时候，我也像一把刀一样
为自己的出鞘，颤栗了一下

久违之诗

不写诗的日子里
风即隐喻，微寒是低一度的修辞

小谷雀每啄一下，万物就停顿一下

不写诗的日子里
一场雪替我轻掩竹庵
她那样安静，像是表达爱
她那样白，像是把爱拒绝

不写诗的日子里
我在水中练字
那些字太小了，太轻了
相爱的速度太快了

北京，那些为爱值守的人

北京地铁上，一对夫妇
挑着大过车厢的行李
那个红色的箱包，分外刺眼
男人攥着立柱，像守着田地的界碑
他说，你歇会吧。女人蹲下来
用身体的四分之一兑换了一个梦
从宣武门到北大东门
男人站得比界碑还直

仿佛一种值守
仿佛一种捍卫
从平安里到中关村
女人做回了孩子，她那么安详
很轻松地，驾驭了一车厢的睡眠

没有哪只蚌，能说清体内所有的沙子

在沙土上打洞
做天窗，也做门庭
眼睛是用来呼吸的

忙时吞吐沙砾，闲谈，委身于越来越薄的日子
闲时做蓝色的梦
波浪会轮流过来说情话，把心中的小镜子举过头顶

身体开合间，潮起潮落
沙土那么厚重，不似人间
我是说，当一双旋转的脚经过时
不要试图说话，这么多年
还没有哪只蚌
能说清体内所有的沙子

熬　药

丹参、白芷、三七、土当归
那些死去的植物，比活着高贵
她们一定是私藏了阳光
否则不会被一个词语劫持
在一本书里，相互指认

只能靠瓦罐做媒了
同时
要按住一把火，让他矮一些
要命令一个盖子，关住一场风暴
要让她们再死一次，阳光
才有了奔跑的力量

绿　萝

她在墙角建庙
念清凉辞，食素
僧人般修行

无人时，便分蘖一枝
轻呵一声：绿萝啊！

从未有一个颜色
如此兴盛，为报滴水之恩
甘愿与四季相拥
在时间的空白之处
摆上安宁的杯盏，自斟自饮

樊笼已够牢固
还要再用根系确认一遍
无法聚焦的疼痛，被闲置
春天，总有蝇虫问路
每一次她都放弃给出答案

高明祥的诗

高明祥，清华大学人文学院中文系中国古典文献学专业2018级博士研究生。著有诗集《听见云在说话》。

雨与雪时刻的街道

沙哑从天而降，黄昏
路灯的形状像极了来的地方
接受背叛的方式
高昂着骄傲的头颅，缄默

安静得只剩下线与遥远
尽头，是打开一次的门
苦难与神紧随其后，微笑
或不怀好意，从未回应

只有走着的人，才说
痛苦，幸福
引来无关人的嘲讽
云雀盘旋在高高的头顶

身后和前方，谁更值得死去
一匹白马从眼前逃掉，没有回来

静夜的幽灵

平静，睡前的白水
无关纷扰，打开一扇窗子
是他们的世界，欢跃
如同墙上的面具，狰狞，微笑

在旋旋的白烟中，后悔
说过的话散落在泥土
意义，从稻子里生长出来
所有的人都在围观

镜子清晰起来，如同雕刻
过去，都交到她的手掌
眉头紧皱的火车，开向终点
苦难，从结尾开始

丰收的鱼和庄稼，看见
死，是从天上跌落的云雀

林琳的诗

林琳，清华大学法学院 2018 级本科生。曾任清华文学社社长。

谜

期待着奖励　我们扑向世界
沉默的谜面
每发现一个问题　就宣告一个答案
　　直到神的手指将它轻轻戳破，

从书坠为一本童年的脑筋急转弯
　　她藏着糖果的两手空无一物。

而我止不住翻找，像骑着河流
在原地摇晃
向一片满是河流的海。岸，是指
这边和那边之间　而非看见尽头

像那可怜的睁着眼睛的小火车，
烧着病的煤，直到

你的谜语展开。
你的谜语在我身上如岸展开

乐　园

一

做惯了镜子
他看向自己，没有遗漏一点儿光。
缓慢　沉默　来回走动的巨大忧愁
转身回到笼中，偶尔观望驻足的人。

二

稀有！
你探向记忆，像手穿过衣兜的洞
它们悉数掉落

在另一个安全的口袋里　等待认领。

三

一滴水在河里找它的位置
　　我闭上眼睛
看见光的被照亮

错　地[1]

这里没有人死去

传说中坠湖而亡的牛羊
我们翻山越岭为一口生命之泉。

不止一次
外乡女人　婚轿贴着悬崖浮过
灶膛里几十年不灭的潮湿情绪与
深不见底的煤　熏坏她的眼睛
不止一个夭折的儿子不被提起，

有多少座山　就有多少墓碑
横在这与那之间

---

① 错地，地名，在贵州织金县茶店乡东风村。过去由于取水不便，牛羊需要上山间寻觅湖泊饮水，时常失足坠入湖中，因名“错地”。

死亡并不带来恐惧　只是揭示孤独。
闭上眼　你轻轻翻越
看见一无所有的　不只失去的人。

错地　蛇与牵牛花总在记忆的后院
我未前往的路上

火棘从山脚响到山顶

2021.4.14　祭

河滨公园

丢失了旗帜，
海盗船扬着褪色的
沉默启航。已经很久
没有人在岸边手握船票，
攥紧等待兑现的东西。

充分的时间中　沉没又沉没，
草地上堆满相片、糖纸、
钻戒，破碎的瓶瓶罐罐，
每二十分钟，梦起一次尖叫
和比波浪更像风的头发

在未看清她面容的那天，
放飞一只竹蜻蜓　替你离开
河滨的河冰小屋，
捕食细小记忆。

乐园，

城市的童年也在这里念叨着。
摩天轮闭上了眼睛，
毛毛虫还在生锈的铁轨等待
走丢的孩子　趴在马背上旋转。

2020. 1. 19　“祝你健康快乐，愿你聪明可爱”

刘晨昕的诗

刘晨昕，清华大学新雅书院 2018 级本科生。

“相爱吧，终有一散的人们”

无根的云飘在空虚的天上，
远方的山压扁成线的假象。
多沙石的黄泥地里，
嫩绿的树和草洋溢着暖和的生气。
小小的白色的汽车，
停着，又像是驶去
朝向红色屋顶的新房。

这些都画在
一张名为窗户的画布上，
挂满了这面墙壁。
没有玻璃盖着，
画框也砸烂了三边。
屋子里只有这一样陈列，
然后是画下边的
生存的痕迹。

水泥的碎块上
堆积着零碎的织物，
大都褪了颜色，
还有些是污秽的黑红。
三个啃过的苞谷棒子（也许）
告诉我们有人曾看着图画饮食，
也许就是他在画框下喷上油漆，
写着：
“相爱吧，终有一散的人们”

这水泥地上不知躺过怎样的人，
也不知道这句话出于怎样的心情。
或许他流浪至此，
悲伤地嘲弄世间终有一散的人们。
或许他修补好破碎的心，
不再管离散的结局，
只在乎某一刻相爱的记忆。

又或许
这不是个痛苦或希望的故事，
这里不是他而是他们。
他们坐在满是灰土的地上，
啃着硌牙的苞米。

他们看着窗里的画，
感觉自己就像无根的云。
云总是要被风吹散，
于是他们拥抱在一起。
他们亲吻纠缠，
像是绞紧的藤蔓，
直到干枯也不分离。

但这里没有留下枯干的藤条，
只有黑色的油漆。
它说：
“相爱吧，终有一散的人们”

袁绍珊的诗

袁绍珊，生于澳门。中国作协会员。清华大学人文学院中文系中国现当代文学专业2018级博士研究生。曾获首届“紫金·人民文学之星”诗歌大奖、“美国亨利·鲁斯基金会中文诗歌奖”、台湾“时报文学奖”诗歌大奖等。著有诗集《太平盛世的形上流亡》、*Wonderland*、《爱的进化史》，散文集《喧闹的岛屿》《拱廊与灵光》。

雷峰塔

雷峰塔是新的。建设即破坏。
坐电梯上去，隐隐作痛。
她说她懂。

所有民间故事都不讲道理。
水漫金山。山无陵。哭崩长城。
唯独青楼、牌坊、阶级、藏经塔，
永不坍塌。

轻佻的风敲起晚钟。

凭栏远眺，雾
淹没了断桥。顿觉安全。
白茫茫的无边，是邂逅的最好布景。
时间将偷偷挖走所有砖。

轰隆一声。

曾经在广州，一个人吃了一条蛇。
在杭州，又独个儿吃了蟹。
那天下午在西湖边，与黑衣人共喝一壶龙井。

一尾鱼带着醋意下沉。

轰隆一声。

每次去西湖都下雨，都没带伞，
都没遇上不该遇上的人。都一地鳞片。都狼狈。
花一千年修修补补，依然破碎。

白色。青色。道德也有灰色。
二人世界并不存在。
人人却自命为民除害。

独坐一条船是违法的。
对胆小鬼动情是危险的。
露体可以。显露真身是罪恶的。
生活又端来一杯雄黄酒。他说无能为力。

万物不响一声。

没有英雄。
纠结即怂恿。
她说，她懂。

雷峰塔再倒掉也不稀奇。
但我更希望它不倒。
像嚣张乖戾的恨，
像苟延残喘的爱。

轰隆轰隆——

活该。

塔下有导游用扩音器说：
先动情的都活该。

无 题

凌空折下一根宇宙的枝桠，
沉默是最安然无恙的对话。

闪电软柔，人们在光中劈柴喂马。
以山岳为师，对井的荫翳一无所知。

去当自由的粒子，做幸福的无名氏。

大海漂着逼真的冰块，
生活是一连串混沌的无解。

时刻凝视深渊的漆黑
生之圆满，在于巨大地留白。

善意无形无色
宇宙某个深处的水龙头又掉下水滴。

唯独恶意不可能是抽象的。

裸体野餐

在这样明媚的秋天，树木衣衫褴褛
有人因凝视而大汗淋漓
唯有光，可以放纵如一匹马儿

妹妹在水中散步，我在陆上沐浴
有人伸出手，像一条蛇伸出舌头
草席尽是翻倒的苹果和良知

色情的油墨，把交叠的腿定义为体操或歌舞片
秋叶扩充着野地的宽容
又藏着一千只可疑的豹子

无数钥匙伸进油润的锁孔
绅士们的眼睛多少次，以资产阶级的礼仪
为我和妹妹拿下了大衣

妹妹始终是雨后的蜗牛，浑身洒满脆弱的光点
我在她的王子面前，拿出仙人掌与绸缎
讨价还价他外遇的几率

但在这样明媚的野地，她的房间就是我的身体
思想的气球膨胀着
吸引更巨大的氧气、欲望、疼痛、敌意

啊，妹妹，在宇宙之中
我们已成为被议论最多的生物
在野地之中，我身为诗人已尽力使事物简洁

北京超市

他打起右灯的刹那我们已听出失去了什么。

那不是通往超级市场的路。不是回家
准备下厨的路。不是可以再拥抱起舞的路。

车窗脏得离谱，而我们奇迹般不在乎。
沉默与我竞坐霰弹枪的位置。天下起罪过的雨。

早就说过四月是残忍的，就是不相信。
从慢车道转快车道，卷起不断出轨的落叶，
满城精灵都在心烦意乱调度车祸的出现，
试图阻挡我们前进。废气喉空话连篇。

时间如无物，哼哈八年如一日的咒语唱片。
自动洗车场将洗掉血迹。所有词语将失去性别。
白色漩涡将带我每天重返失去法纪的场面。

我所有的碎片将在超市冷冻柜保存千年。

我将逐一吃掉这些坏掉又永不过期的罐头食品。

任君选择的北京超市其实没有选择。
所谓爱的自由只是统一价格。

如果生活只给我号叫，就不要给我和弦。
如果生活只给我旷野，就不要给我炊烟。

欧亚夜记

星星叼着烟头在我们头上聚赌。

矮灌木像一支支签文，让我，
和命运的公路一起，醒着。
在离开伊斯坦堡的夜车上。

风已经扫描了全身，我的里拉其实不多了，
抽着水烟我推算着星星的筹码，
“他爱、他不爱、他现在、将来……”

“它们在吓唬吗？”
“说不定，它们手上的也一样烂……”
又安然过了一趟牌，桌上多了两个王后。

我看着它们的眼神，看看那些，
车窗外翻开的枯叶，看看手上，

新月割下的稻草。赌徒们的德州。

我的里拉其实不多了，星星，
早已扫描了我的全身。
它们早已知晓，我无法隐藏的口音，
以及我不值钱的事实。

那些过去的情绪，被唤作拜占庭、君士坦丁，
那两个海峡的新闻广播又用
同一种语言争论，
伊斯坦布尔不是伊斯坦堡。
但胜利在这个海峡而言，
不过我和你，
安全抵达我们的棉花堡。

他倚在我的肚皮上，梦到草丛、
和小山丘。我也曾有过夜光房子，
拱顶，和满天星斗。
如今却只剩最后一百里拉，
买了狮子奶
和汽油。

我是不善于推理的女人，
在大学当掉过微积分和撞球。

但相对于希望主义者，我还是习惯孤注一掷，
正如，我习惯他身体的微小讯息，
习惯，欧亚大陆那隐形的裂沟，
习惯，
生命的种种未知
与荒谬。

大　暑

今夜，是最冷的一个夏夜
我只能烧水、擀面
待你回来，再添两颗鱼丸

在这样一个停电的夏夜，亲爱的
该为你准备什么音乐？

我哼着小调，世界仿佛是暂停了
孩儿已闭目睡下，一丝唾沫挂着
像我总挂着你的名字在嘴边

春节和你一同离开的时候
我却只能用锄头
埋下沉默的土豆

在这大暑时节，比你更快抵达家门的

竟是生活多年来的欠薪
我是否应收下这邪恶的白银？

而我在蒸汽的迷雾中只想到你
想你在水凉的旅程中
是否有广播服务？遇上马贼掏刀？
有没有盛热水的难度？

今夜，是这样一个停电的冷夜
雪像面粉撒满全国铁路
想必有人也正烹着小鲜
和铁的真相，用一个延绵千里的微波炉

赛狗场

我不会问这种傻问题，比如，
狗为什么要跑？
它可以拒绝奔跑。

我也不会问，比如，
为什么要追逐一只电动小白兔？
它可以拒绝速度。

进步主义的歌在奏鸣，
机器的工作是损耗它们；
我也曾在那跑道晒黑了童年，
如今被单调的工作反复按摩、撕裂。

闸口已开，有人
不断把起步钟敲成蜂窝。女人们在黑夜也戴帽坐着
我也坐着，用十指敲打键盘，

格力狗在沙圈，用四肢跑输了它的轮回、地狱。

仿佛上场的只等待完场，
仿佛它们躬成一个问号就是答案，
仿佛世界非黑即白，
分坐成主人工人、赌徒看客。

与别不同的它们继续演着喧闹的哑剧，
对于我们这种忠诚朋友，
必要时会撒一泡尿来回答。

黄月影的诗

黄月影，清华大学北京协和医学院临床八年制2019级。

逃　兵

睁开眼睛
黑暗熟稔地碰了碰
我的额头
被子里是暖的
藏着一泓偷来的太阳
夜那么凉

窗外
与梦里如出一辙的秋天
在上个月埋葬了我的母亲
正如十年前它埋葬蔚蓝色的原野
一杆枪被遗落在那里
枪尖上挑着我的头
十万支生锈的枪
十万颗代替新雪的头颅
目光深黑

一层层堆积在我的身上

今夜
渴来得急
迫使喉咙发出一串
属于活人的咳嗽
手掀开被子
脚穿上它的鞋子
嘴唇颤抖着
接住一滴夜露
——那是我生前珍藏的
砒霜

金一诺的诗

金一诺，清华大学人文学院2019级本科生。曾在《诗刊》《中国校园文学》《十月少年文学》等杂志发表作品，诗歌入选长江文艺出版社出版的《中国女诗人诗选2020年卷》。

不舍昼夜

我们出发，走出古堡
走进一个个四季轮回
时间目送着我们，像刚就职的老师
依旧站在樱花林的惶惑之下

年轻人也想把种种苦难，诉诸时间
他的心跳是古老钟摆振动陌生空气
石质撞针撞击着命运的凹槽
他平等地撞击着年老与年轻，梦境与现实
驱赶我们从一个刻度倒向下一个刻度
奔跑，尽可能保持优雅
接受时间或许是一辈子仅一次的馈赠

未来的酿酒者
正拼命扭着某个时空片段
试图拧出一滴露水

我在墓地里闭目养神

我在墓地里闭目养神
我的被窝干热，柔软
我感觉血细胞也越来越困倦
我在墓地里闭目养神

我看到孩子，咆哮的女人
然而这不过是我的心的谎言
一只乌鸦从我的肩头啄食
空气做的麦粒
有那么一分钟，我胆敢——
幻想死在妈妈的膝头

我从墓地站起来，离开
但墓地的泥土已经渗入我的骨头间隙

明天春雨打湿这片泥土的时候

我将带着湿乎乎的骨头
去上学

别消费死亡

别消费死亡吧，这个词含在
唇齿间，就像……像，像什么
？唉，就说，像母亲的泪水吧
如果贸然下嘴，会咬疼空气
咬疼将会被每个人吸入的空气
写在纸上也会划破，心脏的睡衣
听！那曾被我咬过的空气，带着她的疼痛
来敲梦了。

云

今天我抬起目光投向窗子
窗里有一朵普通的云
今天的云和昨天一样

每天我抬起目光投向窗子
窗子里有一朵普通的云
每天的云都和昨天一样

一分钟后我再次抬起目光
我的朋友早已难辨情状
来了另一片云，另一片风景?
还是只剩荒芜的蓝天?
消失了的是云，还是我旧的目光?

记一次痛苦的遗忘

当梦幻的洪流
像应试教育束缚不住的，青春
撞上逻辑的网
水草缠住了螺旋桨
头脑—阴影—吐出—引力：
用兰波的眼睛，看莎士比亚！
我在想什么？怎么会忘了呢？
遗忘啊，遗忘
这没有利刃的匕首，这无痛的绝症
快点，再快点！
但我把我落下了，我快马加鞭，催促着
可我却在长草中拖着困倦的步子
情绪啊，情绪
被我锁进了厚障壁

母亲们戴着夕阳做的口罩
悼念……谁的死亡呢？

悔

我看到天花板上有一角灰光
衣柜里藏了月亮的病
啊，你怎么睡得这样迟？
她憔悴下去，我也忘了想说的话
我的心弦被偷走了吗
头顶没有夜色
黑暗像龟苓膏，一大块一大块流动着

透明　黏稠　涓涓
款款灼出通道，从心脏踱出
那强酸在我的血管漫游

随便啦，我要睡了呢
到了这个点儿，就不需要安眠药了呀
啊——
不知为什么，就是很想喊叫呢

孙志翰的诗

孙志翰，清华大学机械工程学院工业工程系2019级硕士研究生。出版诗歌散文集《逝去的过往》。

秋　天

要克制的是一场接一场的秋雨
接续的争吵、埋怨只构成短暂的转场
他任由事态绵延
再不送出烟紫色的蔷薇
或者钻石光芒的紫色妖姬
即使枫树替他说出了那绮黄的言语
都是短暂的虚情
寄于以终为始，他做出傲慢的判断
唯懦弱之心不得接近暑热与大寒，众人虚妄
某个月夜，他索性摔碎了家里所有不值钱的花瓶
非但莫若务虚，他还把这些事比作失魂落魄的接力
最有分量的总要交到自己手里
可偏急急的推诿出去
而交给那个苍白的终结者让他一直放心不下
管不了那么多了
秋天，说到底，最难忘的依旧是
山下，采菊的那一回

王家铭的诗

王家铭，清华大学人文学院中文系中国现当代文学专业2019级博士研究生。曾获“十月诗歌奖”“柔刚诗歌奖”“三月三诗会新人奖”“东荡子诗歌奖”“樱花诗赛奖”等。参加第36届青春诗会。作品发表于《人民文学》《十月》《诗刊》等。著有诗集《神像的刨花》。

思

——依旧献给你

所以你还好吗？
是否仍对量子物理
和那些永恒的天体
充满兴趣？

你还是不忍心弃置
某些不美的事物？
为了它们拥有过的
被命名的一瞬。

如果你向我提问，
我将在隐怯中无言。
除非你问我
如何在诗中认识自己。

我几乎记下来
你的每一句话。
不要疑虑，生命中
没有更深的失望了。

曾经面对你，感到
一切理所当然。
那信以为真的时刻，
俨然我全部的能力。

结　晶

我将你称为“蓝鹊”，尽管只有
尾部的一点颜料，晴天般出现在
去往熙春园的路上。像是浮絮中
伸出一双手把你捏塑，我称之为
“偶然”。校车使劲地拐过弯道，
你仍啄食，直到夕光把最后的
小米照得璀璨。你振翎飞向河岸，
那里蒲草微荡，湿土里埋着暖流，
而我的心跳抑止，确信了“诚恳”。

疏　漏

窗外依稀可见延绵的西山，像一条平线，
但被几座高楼打断，阳光投在那些豁口。
近处有赭红色的屋顶，阴影照在下面
骑车的人身上。他们正穿过紫荆路，
消失于河的两边。附中操场传来
运动会的声音，连水汽也变得激越。
起重机沉重地抬头，在看不见的某处。
侧柏微微摇晃，试图搅扰到这一切。
室内踱步的你我，终于坐下来
翻读了几页文字。如果把手拊在台上，
几乎能辨认肉骨的黏结。万般踪影
仿若家乡的咸橄榄，补愈茶后的干涩。

启　迪

——给张远林

充满了厌倦。而我将去淋浴，
仓促地，在热水停止之前。
我将发现你短暂地离开过，
直到取回一瓶冰饮料。房间
每天有一点小变化，
比如新书加入书架，
窗台比昨日干净，去年旅游时
带回来的贴纸终于派上了用场。
似乎只有不停地挪移与增损，
才能让宿舍生活满足我们
对风景的想象。如果足够空虚，
我们还将去到校河的尽头，
盘算着封闭时期如何从外面
游进来，不会碰到铁丝网。
说真的，有时候只有无聊

才能让我感到充实，那种无事
可做的快感，胜过与恋人相处，
胜过阅读和写作。这只是我
一时的想法，很快湮没在你
播放的香港老歌中。几个小时前
我们穿过长长的新民路，
看见苏世民书院像蜂巢般明亮。
这是该倾心还是揶揄的时分？
而几朵黄花在草丛中，飞蛾绕着
暗暗的灯火，我喜欢这景象，
还留心到路两边的树叶，竟是
不同的颜色。在一幅校园地图前
我们重新辨认着方位，感觉像
被哪个星体的光照得晕眩，
有一种“欲望满足后的厌倦”。

番石榴

早餐时，才闻到它们的清香，
是从粗粝的表皮挣出，穿过红色
塑料袋，赐福般地，到我面前。
想起睡眠时，这馨气就已经
附在木桌的纹横、光线中的尘埃
和八月潮润的空气里，我像是
坠入了某种熟悉的经验中，
被安全与恒定包裹。然而昨天
我已惊异地尝过这本地的果子，
与市场所售绝然不同，来自农家
温良的种植，由某位联系仍频的
远亲带来。是这样小，两指
即可环握，我把它放入那饮茶的
白瓷杯，相信颜色的元素
将留到未来日子。直到那微弱的
凝聚被解散，某一刻回忆起
果皮的酸涩与籽粒的坚硬。

山　羊

河滩的气息，夏风轻快地吹散
到花圃中，到野扶桑晃动的影子里。
一群小山羊沿着缓坡走来——
我不是第一次见到这大地上的珍珠，
黝黑，俊美，似乎都不用抬起脚，
就移动到了河岸。小镇上它们拥有这天地
毫不羞怯，好像世界天然的安全，
好像没有别的声音会从这里发出。
不需要什么努力，它们就获得了
无垠的一天，把过去和未来
取消了的一天，浸透在松弛的风里的
一天。它们吃草，但不停留，
走得比以往更快。听不到叫唤声，
但我感觉有一些漫不经心的词语
被它们说了出来。其中的两只
不时抵住犄角，马上又轻捷地

跃开，这是它们之间神秘的
通话吗？它们是如何把彼此
置身于那瘦削的淡影，不用投去
任何修长的一瞥？围墙隔开河岸
与江滨路，我没有试着离它们更近，
去摸摸美丽的脑袋，或者沾一沾
湿湿的唾液。我看到最后面的
小羔羊摆了摆尾巴，扭着臀部
快快地向前，消失在河水尽头。
好像在一个闪念里，这些画面变得
不真实——我处在善良、空虚的愿望中。

半屏山

那些每日与海对视而在半空中赞美神灵的
砂石，球茎的火焰般的心脏，潮水
把风带到虎皮坊，黑暗中发光的油迹
像在一个绿色杯子里把眼泪斟得满满

为了摘到更多野牡丹，女工发出
唯美主义脑波。说不定他们也闻到了
那首歌谣里冒热气的酸朽味，面带菜色
直到腿筋的纹路和裸麦在咸水中交汇

窗外传来南音

南琵琶横抱。山色写入蓝靛，
晨光中的讲习所，少女滚烫的
脉搏。芹菜叶子，东市场曾是
它的家，蔫在青瓷色阳台。
“有心到泉州”，她为你弹起
清凉的梅花操，成为剧团里
分神的那一个。下山时竹林
正把杨梅山笼在一片欣喜中，
而春祭的唱词把小黑羊引到
溪边，消失了淡影。藤与门，
一拨茼蒿，红菜团子，三五斤
蹄骨，萝卜糕与海蛎煎。洞箫
声里踮脚看谁做表率，俗务中
挣出来，彩色，解构，骚动的，
看她如何在菩席上为你设考验。

三都澳

轮渡驶出下午的天色，像从
海水的颜料中，蘸了微微的一笔，
给我们心头绘上螺纹般的线描。
身后，远山被一桶清水淋过，流屿
是掌心的微火。恍然回到
漕运的年代，船工开斫，补漆，
而枯荷如愈来愈多的记忆，
风景的负担。马樱丹指引岛上的路，
公馆楼和修道院，雀静中鲜绿，
年长的姆姆在露天花园里
梦见远客。想军舰驶出白练，
是稍息还是在晚祷的时刻？
从海上渔排遥望贵岐山，风的
冥思，以及厌倦，都被熔岩理解了。
岸上枇杷，曾露出黯淡的一瞬，
当它的绒毛擦过我们茫茫的情绪。

在太仓

——给 zm

我们点了两杯茶，拍了几张照片，
觉得自己像插页上的人物，有光荣的
忧郁。想起初见的时候，龙潭湖公园
野猫儿不肯放松，挣扎在你臂弯。
而今天是晚风轻飘，南方的路面灰蒙，
秋水晃动让人眼花。即使一丝寡欢，
也是短歌的休止，或细腕里的纹路。
而市舶司更开阔了天地，海商凭信用
出港，立行香石碑。这是白日里的
新知识和旧坤舆。骨制的妈祖塑像，
福建也有发现，总是慈眉地提篮。
从南园路到府县街，梅花如剑气般
英俊，瓶鞘里的古镇清冷又轻盈，
显我笨拙、深沉，只剩下道德。
但快乐。快乐是视线阻碍了视线，

你在人群中偷溜儿拍照，爱用黑白
底色。是警惕的小鹿，不被无聊的人
带到无聊的人间，假谈笑。十一月，
这港口滚动着集装箱，我们在南方，
像蜻蜓飞出青草，掠过天台上的望远镜。

夜游岳麓山

夜晚的长沙沉睡在江流的一段，遥迢的街心无限延伸，
似轻飘飘的记忆，一个到处留下痕迹的梦影
把我们托举到了山脚。书院牌坊，其实是在校园外，
但何处是妙门的界限？隐秘的热量里拧出了水，因为盲目
而多了两分欢愉。这是跟自我话别的时刻，越过石阶翻过山坡我们
团结在初夏的一隅。这是黑暗笼罩却能目视一切的时刻，
凭借谨慎、耐心和勇气，山麓绵绵自低垂的星空流出。
在爱晚亭你把电话拨给了友人，肺腑被凉风灌满像是
蒲草填满了无名的泉潭。还要说起爱人在此读书的岁月
那种感觉，仿佛命运的鼓点把诗歌诞生。仿佛这蓝蓝的星球
只剩下亲密的关系。说如何在一条旧路里辨认出
陌生的惊异，无忧虑的思忖顺着藤蔓爬伸
到小广场，到佛学院的檐铃，使人心情柔和。
然而永恒的童年引领我们上升，就像江右多义士，无名的碑墓
非治史者不知一二。要经历多少失败，
才知道这一生都空落在草木的灰寂里。要迎着犬吠踏上

裸露的黑石，相信前路意味着安全、从容和理解。
这也是清夜里友谊的波轨："乌溜溜的黑眼珠……"
乌溜溜的鹿蹄通往乱皱皱的阡陌——在三分之二山腰，
凌晨两点三十四分，月晕层环叠扣，声音流逝之外，
突然闪亮的江对岸竟然把近处的草叶照得靛蓝，
无法克制的泉声注满了耳廓。我倦于寻找下山的路，
斜径如锯齿，水洼合围平地，松林有回声让人幻听，
不如在此等候黎明到来？可有湘地巫觋，采夜游者的魂魄入药？
可有狸猫的影子，优越它的敏捷与视力？
想象白天会议真诚的讨论、顺遂心志的发挥，只好从野路
碰惊险的运气，毕竟要在不断满溢的黑暗里
分辨银河须臾的光亮。亲爱的友人，
你听见我们的脚步
掀起了窸窣涌动的波浪，是踩断枯枝的声音，
是多年黄叶薄脆、优柔。你看见小蟾蜍躲进了保护色，
云彩流经舒缓的天幕，你知道我们心底最后的黯淡消逝了。
临近四点钟，山路在身后恍如梦境，矮平房指着人间近在眼前。
师范大学、图书馆、出版社兀然耸立，楼道的光亮清辉掩映，
终于下山来像是用全部的记忆拨出了又一个号码。
晚班的士把我们带往城市最后的清醒，湖南米粉和疲倦的摊贩
都是这个世界屏息的一瞬里，轻轻扬起的美与温柔。
我突然感到自己理解了某种歧义：多年相识
有真实的满足，不是在修辞里划桨，不是为知识抛出锚尖，
而是像在夜半淋浴，享受欢会后的幽眇——
这如期而至的生活。

在嵩北公园

请跟随我，在前寒武纪时代
一点儿油迹洒到的衣袂里，在岩层进化为煤炭
野獾出没在积雪的奇迹中，那新踏进的领地，
山韭和嵩刺蒙住了邙岭的眼。上坡的路，
那是我们的虚荣，像一曲挽歌被琵琶弹奏——
她呵气的动作，仿佛在河床里摸到了鹅卵，
提醒山顶微寒，耐心要被消耗掉。
于是松果滚落我们的脑海，快步向前，
追上想象中的
自己。剜开来白石流淌的路径，在摇摇
欲坠的嵩顶北坡，危险的高点，
梦的止境，和峰杪一道克服恐惧。
然而我的一生不是第一次
登临，今天终于被懊悔侵占。相机败坏了
我们的痛苦。至少是我的，体内的草垛，
残茬围成的盛宴，对命运的揣测无声息，

无可望尽的远山包围了村落。下山经过道观，
藜棘勾在裤脚，奔涌的琴弦，早已回到人间。
返程的列车呢，我跟随你。何处停靠，梦无声奔驰；
等小雨初下，有多少变幻，远远超出了
我们知道的世界。

在海淀教堂

四月底，临近离职的一天，我在公司对面
白色、高大的教堂里，消磨了一整个下午。
二层礼堂明亮、宽阔，窗外白杨随风喧动，
北方干燥的天气遮蔽了我敏感的私心。
——我不确定自己是否用对了这些形容，
正如墙上摹画的圣经故事，不知用多少词语
才能让人理解混沌的意义。教会的公事人员，
一位阿姨，操着南方口音试图让我
成为他们的一员。是啊，我有多久没有
参加过团契了。然而此刻我更关心这座
教堂的历史，它是如何耸立在这繁华的商区，
建造它的人，是否已经死去，
谁在此经历了悲哀的青年时代，最后游进
老年的深海中。宁静与平安，这午后的阳光
均匀布满，洗净了空气的尘埃，仿佛
声音的静电在神秘的语言里冲到了浪尖。

这也是一次散步，喝水的间隙我已经
坐到了教堂一楼。像是下了一个缓坡，
离春天与平原更近。枣红色的长桌里
也许是玫瑰经，我再一次不能确定文字并
无法把握内心。我知道的是，
生活的余音多珍贵，至少我无法独享
孤独和犹豫。至少我所经历的，
都不是层层叠叠的幻影，而是命运的羽迹
轻柔地把我载浮。此刻，在海淀教堂，
我竟然感受到泪水，如同被古老的愿望
带回到孩童时。或归结了
从前恋爱的甜蜜，无修辞的秘密的痛苦。

东　湖

——给黎衡

三点钟，冬日晴朗的一天，
我们出门，珞珈山
突然像针尖一样闪亮，
刺破了东湖满身的湿气。
如你所知，我们正重新成为
昨天散步的人，重新拨开湖边
那雾水织起的门帘。因此当潮湿
漫溯到我们的身体，你我又变成
任意的两颗水珠，分享着东湖
这失眠一般的安静。
我们走着，湖中心开辟出
漫长的甬道，给城市的灯火
覆上一层薄膜。因此更亮的
是未融的雪，是打湿的鞋子在闪。
五点钟我感觉累，而你的体内

是一群人在走，一些地图拼贴着
飞驰的眼睛。最后还是公共汽车
把我们带回高声部的所在，
我们的色彩在夜色下被抹匀，
均等的呼吸也不能填充
走过的足迹和谈话了。当夜晚
渗入皮肤如同雪意，
你厌倦了陈年的感冒并且
和我一样怀念新雪，
怀念旋转楼梯或者老宿舍楼。
这些时刻一齐明亮又暗下来，
世界快速地收拢，
我们道别，消失如另一片湖景。

王筱达的诗

王筱达，清华大学法学院 2019 级本科生。

姐姐母亲

她一个人的肩膀上担着多于一个人的负重
静悄悄的小径上，她沉默地快步走
田垄被她瘦削的脚掌印出久远的痕
像骡子拉磨，已有无数次
在合眼前，还有无数次
她的脆弱的掌心覆在一盏小灯上
那唯一的、宝贵的明火，在风中飘摇的
心肝宝贝
她用肌体和鲜血去暖他，循着
骨骼里刻下的训令
她是不常哭的，因为她出类拔萃的坚韧
也没有某只干净的手沾着梦幻的气息去擦去她的悲苦
因为没有人看清过她的面容
她的面容被更宏大的美德掩盖了

还是幼女的时候，一头巨兽摸进她的梦里

自此蹒跚在她的脚后
舔食她行走时掉下的肉与血
而那灯随着巨兽的膨大而静悄悄地愈亮了
路还有很远，很远
小径的尽头没在幽暗
巨兽安静地吞噬了她的血肉
在一片茫茫的沉静的黑夜里

张远林的诗

张远林，清华大学人文学院哲学系2019级博士研究生。

爱因斯坦人生之心境情调的尝试性诠写

爱因斯坦暮年的孤独感与死亡欢让人深思
引人遐想：一代智识行者自知完成了使命后
在漫长岁月之迁徙流淌里练习别离、消逝
自知且已被世界反复确认笃信：人类心智之巨型里程碑

不朽的巨型路标：二十世纪最有意义的真理的发现者
求真者洒脱释然于尘俗：死亡之欢情显示其玄秘
难测度思忖其幽深远寂：天心湖心昭扬其心性
高人千丈崖、千古储冰雪：永远的卓荦者、闪灵光者

浮生若水、梦之旅人在远游的浮浮沉沉中他自知晓：在万水千山纵横时
重视某物事的同时又须“轻视之”——从而放手、悉力以赴
不被拘谨、拘束与关心则乱等心绪所累滞羁绊

爱翁：心智始终追逐远方、深邃，天涯孤客

似人海孤鸿、寰宇孤心，自明卓越者亦大时代过客

众生芸芸然皆命若琴弦：人生似将名字写在水上，后字未写完前字已散于烟波水纹中

风沙星尘或浮生若水

遥远之目光、悠然之凝视
观望东南形胜之海潮
风入松以及澄澈之镜湖水
在风尘困顿中：马行千里不洗尘沙
愿风载尘，和光同尘罢
正事要紧——风雨暂且都不顾及在意了
又何必执念于生活中之诸尘埃褶皱？
况且风雨会洗去尘埃、荡平褶皱
不执念罢：进入轻盈流畅且流动的
举重若轻般的直觉性状态：
生命冲力，创造地进化——
良性循环状态里
偶尔休憩时谛听、回想静谧中
贝壳深处的海涛及松涛声……

周小琳的诗

周小琳，清华大学人文学院中文系中国现当代文学专业2019级博士研究生，硕士毕业于首都师范大学。主要从事中国现当代诗歌研究。有批评与诗歌作品发表于《新诗评论》《诗探索》《作品》《格言》等。

潘·彼得

清晨时分，潘·彼得独自去森林
无人看管，亦无同行，她爱
暖白色的光，蓝色星座的男孩子
一把七号格里的小提琴

“白头翁的鸣叫伫立在弦上
潘·彼得的影子伫立在岸边”
　　　　　心碎时，她会拉一曲
“鸟的羽毛消弭于灰烬
潘·彼得的眸色飘荡在林中”
　　　　　恋爱时，她擦拭松香

安慰潘·彼得的是，冬天有柚，夏天有桃子
当水果们微弱地呼吸，在塑料袋上呵出白汽
像午后隔着玻璃偷笑，寂寞地，
在成群结队的南方……

惊吓潘·彼得的是，夜色中冥王星忽坠
胸前，银河帝国如风簌簌
此刻将有雨，一万滴
洞穿它流离失所的影子

木的星球，水的星球，银的星球
这广袤的国度次第升落
她必须登陆其中一颗
白色有刀锋，晨起的天际，隐没的晚星
刀锋的背面，星座在熄灭，飞船在上升
她攥紧手中那把小小的提琴

“——这唯一陪伴就餐的”，潘·彼得心想
没有冬夏，没有南北
无人看管，亦无同行
从此，失去清晨也永不点灯

玛祖卡[①]

你的一千个重影，爱人
我不可聚焦一回凝神
秘密泄漏于雾色，罗马场，旋转楼梯
寂寞的安东尼奥尼曾有过女人

六月雪藏在花店订单
不可抵达你的屋顶
便派爬墙虎攀登铅灰色楼墙
某一层，蟋蟀和杨絮埋伏于风声

我一整天的神游装在口袋
白棉绳缝纫的针脚，鹅黄
易受惊的里衬缄默
只瞅，向路灯不明的宿舍街道

---

① 一种音乐类型，类似于华尔兹。

凌晨一点，燃烧的安静不可爆鸣

一天有一千秒钟，爱人
同我不可告人一千次叹息

另类疫情

当我伏地，已为时晚矣
一种毒素令我轻微失重
我知道，是我大意了，虽然
每个夜晚有着一样无辜的脸

一切来得比世纪疫情[①]更早
世界的宕机晚于
神经枢纽秘密的失职
故障的汪洋来得正好，顺水推舟，
我早想离开这里

我失去更多上午、云朵与盐
沉醉反刍，胃和血都开始结冰了
夜以继日，捣碎更小的骨头，祈求

---

① 此处指 2019 年底以来全世界流行的新冠肺炎疫情。

觉悟某种奥义

是什么让我敢于制造永动机
——这是进退维谷的时刻
就垒筑梦境，或搜罗更上等的床品
即便有时显得太过孤绝
至少骗过了昼夜交替时的病发时分

明天就返回另一种生活

飞行器栖在云端
行李随气流颠簸
我们在高空结营驻扎，暂时地群居
沐浴着今日优美的回光返照
最后——再最后离心一次
明天就返回另一种生活
北京上空的云开始变暗。
一个好心情有时价值机票两千
而完美的空望能花掉整个假期
深渊只为倾尽所有的人准备，他们爱玩德州扑克，有些人没有天赋，
可最爱他们的人负责买单
正如我重复威胁你再多爱我一些
明天
明天再返回另一种生活吧
再等等，平流层下的浓雾还举着剑
我看见雨在追赶天晴

明天，明天
潮湿的钟什么时候走到那刻?
我恭候命运齿轮的转动之声已久
祈求秒针一到就失忆
一切一如往昔
群云之中我在银河身边
群石之中我得到满兜流星
那时，我将铩羽而归

陈山岭的诗

陈山岭，本名胡景添，清华大学新雅书院2020级本科生。

来生要做一棵树

如果有来生
要做一棵树　立在林中
随风摇摆　挺直腰杆
最好是在一座矮矮的山上
俯视着民居　劳作　耕种
你说　树会想，会爱吗？
要做一棵树　我只关心三件事
天光、土地和微风
鸟雀做伴　从出生起
就决定了归宿
每日听见曙光吹响生命的号角
在冬日　白而蓬松的被里安眠
做一棵树　要长得很高
但不能太高　高到
能看到地平线就好
最好有一条大河蜿蜒

每天照照镜子
看露水的素妆
一棵树　不在意会活多久
一滴泪　就是一只小虫的万万年
树不懂万事万物　但它过得又是那样好

邓国庆的诗

邓国庆，清华大学土木水利学院水利系2020级本科生。

梦中人

请你记住他的样子
一件单薄的衬衫
和一块金手表

请你记住他的声音
像风在芦苇的屋顶上不停思索
影子是如何落入水中

请你记住他的脚步
穿过黑暗院子一面空心的墙
把青苔的灯盏依次点亮

请你记住他的路程
布满星星的尖刺和沙子的陷阱
一百条塞壬嘶鸣的海洋

请你记住他的名字
大地升起的枪洞叫作黎明
而黄昏只是一次忧郁的射击

北　方

有什么比北方更加遥远
当我抛弃日光虔诚的土地
南方的土地，故乡的枝叶
正在骚动着奏起茂密的哀歌

我从南方带来的东西
母亲曾用手指的茧包裹，连同
杂乱的头发与火焰
它们攀着夜晚与白昼之树生长
依旧如此，那行李也逃不过
被封存在梅雨季节的铁箱里
如鱼群般朝向我的渔网

静默时分，北方在我体内流变
暮色四合之时总有乌鸦喊叫
换来冬天和道道雪痕

一只从未相识的大鸟
飞向我的篷顶，捎来音乐与命运
以曲折的形式祭奠生命的离奇
还有那惯常的结局
不变的线索伸向天际
钩起南方，那失踪的船只
沉重的负担，和一堆堆
久无问津的宝藏
在金币与银具的掩埋中
我抱起那比竹节更轻的水手
它已化作苍白的地图

——然而还有沉睡之前吹来的晚风
拂过新月和千年的古寺
在低矮的神坛前默念的女子
显现于比北方更加遥远的海边
丛林，山脉
以及幽深的河谷
那座桥梁是大地弓起的脊背
而在梦中将我惊醒的
除了尖锐的时针和变形的发条
还有永无休止的门后的蹄声
就像回到南方雨夜的小巷
推开门去
一匹马正奔向北方

去圆明园

因为听见痛苦的钟声
因为听见南方在水里呻吟
我沿着黄昏高悬的铁轨走去

越过乌鸦不安的脊背，越过
三月的平原与一座座蚁穴
夜晚的巨人等我进入他布满尘埃的双眼

不要说话，不要
提起一封信的主人和马背上的桃花
最好用沉默封住自己的酒瓮

渐暗时可以幻想，山那边的射手
慢慢蹲下，握紧黄金的枪
对准你不停跳动的太阳穴

然而孩子们在笑，笑
一条公路忘记了母亲的红舌头
成为甲虫乐队里的好鼓手

风还在切割男人的头发
磨圆女人细细的腰，我但愿
他们的手臂会像柳枝一样缠绕

幸福并不遥远，废墟如此说道
而他站在时间的刀刃上
为我准备好了一身行装

凤　凰

暂时停歇在这儿吧
尽管梧桐树并不是十分茂密
当风把叶子一一拨动
就可以听见声音的寂静

这是水与木头组成的镇子
城墙上爬满碧绿的触手
檐角钻出瓦片轻轻接住雨水
就像河流托着一只神鸟的梦

人们总在羽毛柔软的时候醒来
山峦依次眯开它深颜色的眼
如果你看见浣衣的女子突然停住
就请陪她在水面写上一个名字

其实刻在石头上也不错
我也只是想成为这样一块石头

从烟走进雾中

你是上帝赐予我的温柔枷锁
是漂浮在空气中的金色眼睛
是隐藏在足音中的荷马的双耳
谛听着我心房紧锁的秘密

你是烟花自黄昏更迭向深夜
美丽得刚好可以唤醒黎明
你是千万种声响化作一种声响
是永不黯淡的星辰的低语

你是我今早遇见的第一个路人
是雾中码头悄悄试探的第一条河流
是那些连着堤坝的不落的汀洲
弥漫着你发丝草木的香气

你是所有诗中最轻灵的一句

是所有画中最曼妙的一笔
于是我从烟中走进雾中
就像从此便要进入你的心中

三月　乡村

我无比感谢那个带来三月的人
她或许是新娘　乡村里汲水的新娘
他或许是松鼠　一年只从树上下来一次

谁不认真去看　就看不见梨花在水中的倒影
镜子里　欣赏细雪与天空
谁不认真去听　就听不出一棵棵木盒子里
麻雀在录制他们的音乐

那些永远看不清的　并不模糊的
树丛　时时在颤动
风流过溪水的头顶　长满了青草
一路播散他隐形的种子

昨夜不愿开放的花苞
今天也不会开放

淡紫色的花瓣围起小小的闺房
姑娘们还在里面打扮

我不是没有看见坟墓　在路边
干净得仿佛谁刚刚死去
燕子穿着黑白丧服停在墓碑上
他一点也不悲伤

稍后我就明白　三月的村庄里
你不必认识所有人
他们朝你走来
你就会记起他们

无　题

吻的力量透过了嘴唇，
唾液向深处纺织。
你无言的脊背光滑如卵石，

而我暂宿在你的黑暗里。
在你的耳边，我的水声在回响；
在你的河岸，一只蝴蝶吸食月光。

林江合的诗

林江合，清华大学日新书院哲学专业2020级本科生，中国作家协会会员。诗歌发表于*Poems of the World*、《诗刊》、《诗歌月刊》、《中国诗人》、《读者》等刊物。

复活一棵陌生的树

我是
我也是
一颗等待燃放的气球
在荒芜一片的孤单里　摇晃红色
同一个地点诗歌被写下果仁里的光
以及外面的　一圈圈光芒
圣象脚下的汗水低吟
它戒告我一声　隧道里的喘息
我把喘息喝
揽着它的腰我喝下它
喝下一棵黑色树的命名
路的末梢焰火复生

小日记

深耕在柴米油盐里的一天又刺激了他的理想
只是活着，一块土地，偶尔驻足在他乡
摇着小旗的时候他是幸福的
参与在他的生命之外，也许
他还抱着一块上个世纪的热血
在多年后僵直的躯体里还有小小一块热血
在一堆富裕的琐事里他只是看见了头顶的一片猩红
阳光里的一种
太多人举着手低着头
人们用后脑勺向天空呼喊着把天空喊成一块一块
他们的嘴嗫嚅着
天空一块一块
成为人的希望被割开一块一块
他的一天和他们　走向隐匿之地
金光里伟大的理想啊

诗朗诵应该继续

在两首诗歌的间隙里，警铃响起来
巴掌大的声音
打断了习惯性的停顿，像穿插在断句间的喘息
一声喘息把两首分开的诗歌连接起来
朗诵者张着嘴想发出尴尬的笑
一座空荡的大厅里，寥寥几个听众本身应该足够尴尬了
幸好没有发出笑声，她想
一声喘息从第一首诗的尾巴上溜了下来
外面安静的天空像一堵漏风的墙
墙里的人们自娱自乐
——也没有几个人吧
警铃还在响，好像是一个城市每天汇报时间的钟
声音变大了回荡着
诗朗诵还在继续吗
她的嘴巴好像关上了
两首诗后面没有间隙了，她站在荒芜的灯光里手足无措

灯光一闪一闪，诗歌的句子断了又断
句号和句号搭建起来下一场诗朗诵

活　着

男孩把军靴灌满沙。树底下一壶清茶还在沸腾着今早的新闻
和平年代没有什么仗好打了。你给他一块面包
可能被包裹的同情会一不小心掉在地上
他的沙子里没有死去的人只是
粉饰着活过的灵魂

面包终于活在鸟啼和花香里。男孩割下和平的头发
有人告诉他要去听海里升起的号角
把头颅低埋在涌起的海浪里

——军靴满是沙。世界的体香满溢出来
明天就要回到战场
活的人活死的人也活
可惜。

雪地上有虎的影子

雪小心翼翼地把道路背上的夜晚加速
加速向一片片含住冬天的寒冷
我再一次期望树冠
在它的阴影下我听着
房顶的烟雾升起成为另一幢房子
窗户里摇摆的炊烟三心二意
听着——
雪堆里小小的老虎一声轻呼
狰狞着漂亮的爪子却是月牙一样的温柔

奔来一堵墙

你把自己缩成一片土地
子夜你把锁链咆哮
一道海的明天的光刺透你的胡须
海明天不会有光
土地上一个黑色的点是太阳
绿色的
异乡人你玩弄着句号像
玩弄一位未曾谋面的、你的
在云里颠簸的花

你把自己盛开
墙。奔来一堵我给予黄色
明天的光你把自己缩成土地
小小一围刺痛在众神心窝里的土地
生锈的螺丝整齐地排列成你的牙齿你再也舔不出铁板上的甜味
奔来一堵你的血肉的清晰的墙啊!
黑色的土地里血肉　墙一般清晰。

太阳升起在土地的背面

我背负着一筐缓缓流淌的黄土
一担草原一担海
和一颗信号不良的太阳
挨着夜晚的身体我放下他
命令：树林里沉入碎石的手掌
生命线重新照亮太阳

旅　人

我对着夜晚的脸起誓
这一片光滑的石头里有东西触动我

我？
夜晚的脸、石头。
一条烧着尾巴奔跑的短诗

我

最后
我被退还给
这片天空
我被眼睛交付给流浪的飞鸟
被我的血肉交还给寂静的白云

我被交还给贫穷、自负和质疑
我在夜光笼罩下的广告牌旁指认我的平庸

没有旁观者
我开金光脸上的花
世界闭了又合
一缕长情的土地在我的怀里流成炽热的海

舒梦的诗

舒梦，清华大学人文学院中文系比较文学与世界文学专业 2020 级博士研究生。

来　信

魏公村，废墟蒙上绿纱，
窗在寒夜哀鸣。
自行车驰过砖墙，
——潇湘馆，软烟罗。
我的竹篮里，
远志、当归、茯苓，
如静脉、心脏和刺刀。

城市中央，废墟中等落雪，
前夜几粒冰霰
如游乐场气泡，
只捻了衣角
消失夜幕岸边。路灯、星点
安眠的深夜轻轻摇晃，
飘去南方。

我在树梢、天台、轻轨上等待。

家里落雪了，
母亲来信说。

徐梓婕的诗

徐梓婕，清华大学日新书院哲学专业2020级本科生。

爱　人

爱人我把你深藏在雪后微微发白的黎明
你举起手就像是举起一面旗帜你谈起往昔
我们是两颗并排而坐的如此不安的种子啊
当时我在成都而你
你乘着幻想的飞机　你乘着幻想的红色跑车把我搂紧
满载着吻满载玻璃酒杯我们被允诺的宴席我们的红色跑车啊我的爱人
忧伤的诗人理发师高唱玛利亚玛利亚这个春天春天
远方的电波我依偎在你的手臂长满绒毛而南方报时的晚钟又一次敲响
我在你身上安放我上上下下横着和竖着的呼吸啊我的爱人
我们驶过那么多梦境踢踏的回廊

小　城

这个抱树的孩子，钓鱼的人
这个姑娘，贩卖
垃圾食品和水鸟画片
路口（阳光蹦蹦跳跳所有关于寻找的长诗叙事都不再有意义，
　重要的是阳光）
我说，是阳光淋湿了一个时间背阴的

荒地（重要的不是秋天的骨灰冰凉而是蜈蚣之梦）
我行进于穿梭的苍耳
一张墙涂满诅咒
我说，那都是很孩子气的，有点儿狠毒但是很孩子气的
诅咒（重要的不是咒骂而是五颜六色的娱乐，五颜六色之于灰白）
游乐场老狗一样地，荒芜地转圈
他就边跑边哭边跑边哭地穿过去了
我也没有停下来问问

河流

我从童年一路滑行下来的长长的金色的渴
它的晚风总是平静地念及我的哀伤
两个老人对着圆形的窗口
照相（不是那张照片这张照片而是他们一前一后的姿势）
我说，人类会对着他们年老的同胞很长久地沉默，就像是一双局促的手

捕捉

一辆歪斜的行进的车，铁轨是一边高一边低的，田野上彩色泡泡的小房子
我祖先们的
家（孤单单的一处，不是打猎和出走而是世世代代地伫立）
我说，天使们用家乡话大声喊叫着祈祷的
不是关于永生

眠（或分娩）

迪尔西：他们忍受

——威廉·福克纳：《喧哗与骚动》

这是双眼紧闭的时辰：脖颈在枕头上投下温柔的占卜
你要梦见什么？

“这个故事
总是无关于氧气，而更像是……
乳白色的剥离
交合的眼睑落下的从来不是黑色”

你打开你高高在上的心
念着歌颂惋惜的祝词

“是一个悲剧……
我涂满玫瑰的双手紧紧

一个悲剧，一场神明的苦难”

你的脑海里婆罗门在歌唱
这是
长长的蹬直的双腿
也难以阻止的
分娩

到达时

把你的小鸭子都赶回来吧赶回来吧
我吃掉了剩下的一盒草莓，没有
给你留下一颗，去赶回你的
小鸭子，走过芦苇
池水已经干了，你的小鸭子
摇摇摆摆

走过石头垒的小路
你拿着两根枯瘦的柳枝
就像两根刺，两道空气的裂痕
不属于现在而属于
去年的春天
你去赶那些小鸭子
帮助它们出走，在这座晚上的城市
找一个小木房子，灯无需很亮
没有一片瓦搭在上面

我哪儿都不去就在这儿静静地坐着
没什么可担心的
你去赶那些小鸭子吧让它们回来
不要再
耽误时间

游泳馆

……第三圈：她的脑海中有冰凉的雾气
像一粒下沉的彗星，脊背拖着长长的尾
她长于描述，
说水花拍落在自然的门口
下潜是
回到子宫　羊水温热而充盈
她在水蓝色的壁垒之间碰见一样在潜行的人
在这个梦湖，不断回溯
说漂浮是顺应循环的唯一口吻
用摇曳的双手　击碎时间

童年通过身体的小船重新降落在身上
你无需睁开双眼

夏夜的变奏

给陌生人祝福，晚钟
穿过柔和的薄雾
每一根金黄稻草般的头发都融化
我呼吸着天使的和风、柳树的香味、泥土和明天
从远远的、远远的草坡上传过来
我看见一对情人牵手和他们不复悲伤的眼睛
恋爱，她温柔地占领了他的孤独
看见月亮，我漂亮的微笑着的沙滩新娘
我听懂了她在唱的所有句子
或许他们、她们和它们也一样
支起耳朵
从远远的、远远的草坡上传过来
女孩子和她快乐的白裙子，大提琴
星星一样的音符
语言中北京迷失了它的动词
我为每一个走过的人背诵一首半截的诗

我的单车摇摆、摇摆

圆圈每天都在生活，每天每天

这个夏夜的圆，瓷器般的蓝色，小雨微醺

我们仿佛学不会哀伤

所有人和所有人都和解

向日葵

在雨中，我举着向日葵
一路高举
像大天使长抬起眼眸
坐在路边
伸直我的双腿，向
永恒的河流，我发青的大腿在溯流而上
双手握着向日葵，一盏被打湿的太阳
在路灯下，路灯的黄光下
我记起来关于眼睛的赞美
同一条路上的
两双眼睛，一双为另一双撑伞
他知道那是献祭的一幕
拥吻的一幕，妒忌的一幕，疲惫的一幕和柔情似水的一幕
还有现在，他看着向日葵
像一根发光的剑
被举起的一幕

袁梦颖的诗

袁梦颖，清华大学人文学院中文系中国现当代文学专业2020级博士研究生。曾在“全球华语大学生短诗大赛”中获奖。作品发表于《时代文学》《中西诗歌》等。

时　刻

当我想象自己穿越黏稠的夏季，在另一片
森林里点燃火。我想象我们一同沉浸于
一条跳跃的河，挣扎在流动的温水中
渐渐失去自身。

我想象你也是黏稠的，玻璃般
心脏般，穿梭于单薄的胸前。
我想象跋涉后的不忍。
当撕裂的七月拂晓，我凝视你
眼中的雀，触醒生动的脆弱。

我想象颤栗突然袭来，
撞击长久的缄默。
我想象那些我们无从谈起
的时刻，当我们谈及永恒。

关于野餐的幻想

我知道你已做好戏弄光影的准备
甚至有些雀跃地丧失小心
把目之所及的名词收进极尽渴望的眼光里

选择一块草皮吧　首先试探熹微阳光下它的颜色
能够承担起多少瞬时的紧张与安静
我们可能会不定期地停下脚步　可能会的
莫名陷入对方复杂的倒影在水边

你毫无疑问将允许我的焦躁　让我蓬乱的头发
刺探进你的脖颈　像一把盲目的凶器
经过脆弱的部分又跃出　笨拙地
挑拨你与气氛的关系

一次又一次秉持着可贵的兴趣　周身的动物
对我们的交往施以善心　即使更大程度上

沾染着劫掠食物的目的性　无关紧要

我刚好借此机会低身注目于群体
心事重重的神色与姿势
以便在恰如其分的气候里
重返兽形

短　行

她们走在干燥的梧桐树下
细碎的阴影落在伞面以外的皮肤
盛极的春末　能常常感到气流的浮动
像稚嫩的鹌鹑在心跳

远处　近处　松弛的店铺抛出大大小小的词语
让生活的异香染上过路人的肩
她们料到了　只能假装在追云

朝着一所公园　紧邻杂糅诊室的医院
一路上新生的孩童在紧张的双臂间轻轻摇动
边走边看向四处
池塘里的假鹅在飘

她们的话题也从旧事　温度　转向痛苦和病
一些隐疾被小心地暴露　随着手中饮料

的奋力啜饮　仿佛目之所及唯一的去火药
“其实那时候我……”

不过如此　她们的岁月在对方的齿间轮流
却以此终究回到茶色玻璃的对面
落日在形成　近乎尖锐的橘黄划伤轻盈的窗帘的外部
一面向北的墙壁顿时落满赤裸的嘈杂的灯光

一个普通的夜晚

“前方到站是长阳站” 地铁在前进，
还未抵达目的地，乘客在车厢中营造熙攘。
黄色的假火苗在车窗外跳跃，我突然想起，
我们曾同行在某个街道，一样如躲避火苗般
躲避游客的错身。那时候你轻轻捉着我，
在人群中小心地蹦跳。只有如此我才得以将你局限
在我眼神的中央。任凭虔诚的目光摩擦在你身后。
悄然中，我再次感觉到地铁在前进。
我享尽一些已经消逝的东西。

原　谅

蚊香液亮于衣橱下的黑夜，诸如此类的微弱气流
趁机潜入摇摆不定的身躯，以恭候随时到来的睡眠。
出于对年龄的恐惧，你开始对一切都感到怕。
新生的，纷纷籍籍的杂乱，因为涌入你的生活
而遭到拒绝。你没有时间安稳参差不齐的新鲜事
没有时间嬉闹，计较欢乐的有无。多数时候你都
称生活为良好，良好。然而并非果真，只是你选择
扮演麻木角色，偶尔褒贬宽容。永远隐藏并独自细数，
对频繁斗争的对话避而不谈，使我问及任何
都一无所获。你试图在沉默中清醒，
而我因你轻描淡写，一生愧怍，
一生手下留情。

夜　行

大口吞吃冰激凌的人　灰色的人
褐色的人　跟树打架的人
灯下的人　嘹亮地旋转
臆想的人正失去
专注的人的眼睛
影子交叠的人　黄色
晃动的人撕扯黑色的人群
说话的人寻路　未被形容词跟踪
自照的人在冬天
吓我两次

木瓜海

树影样的斑纹在它的表皮
它便是它的坠落。
丰饶的中心挂满温和的牡蛎，
木瓜海。

橙色天穹维护着它，
木瓜海，然而把它刺破。
激起芬香充实海的残部
让星状截面展示它的夜晚
它便是它的轮回。

刀尖搅动，海之皮肤
牡蛎震荡脱落。
那触碰停留在近岸，
它便是它的幻觉，
是它的血。

辨　认

再等一等。清晨刚下过雨
小山坡下的植物仅仅半立。
那是苔草和类芦，我读了几遍
记下来。叶子细长，
直条，很乱，放射状
贴在地上，不知被什么摧毁。
绣线菊也已干枯，只挑起几颗
凹凸的圆球如炸弹外壳。
丝兰像铁树。触摸起来坚韧。

道旁的竹子也壮些，较之别处
叶片长而略宽。
接着我画出蔄草，它的旁边
长满低矮的薄荷。然后是
紫叶李和黄杨
面对面望着，是我熟悉的。

再次记下来，我渴望得到
更多已知，但我没有能够

一次次看到碧桃，甚至箬竹
却一再想起铭记的那些草茎。
就是这样。我依然选择靠近
最安全的，哪怕是暗中。

张静轩的诗

张静轩，清华大学人文学院中文系中国现当代文学专业2020级博士研究生。

风俗画

当单纯的色彩被人看见
就无可救药
假设有些景观
美好得伤风败俗
假设
一位金发少女
裸身游进这致密的目光中
如此骄傲
直升机掠过就像
我凝视着爱过又忘记的那个人
穿着蓝色长裙
坐在克里特岛白色的建筑群上

外　物

——给王家铭

一边阅读，一边
模仿，乌鸫在枝头注视
把句子当谷壳，筛出砾石
铺成谁的小径？
供查看电邮后的踱步
自行车轴发出摩擦声
青涩，填满近春园的空旷
至于苏世民书院
美且自相矛盾
像词语在等待
修饰之手，伸向瑕疵的刺痛
写作，等于建造榫卯
托起青色琉璃，暂存着
知识之外的生活
也意外地接纳了，晚课后
穿过骤雨的一对情侣

李娜的诗

李娜，清华大学人文学院中文系中国现当代文学专业2021级博士研究生。曾获“光华诗歌奖”“樱花诗赛奖”“齿轮诗歌奖”，作品散见于《星星》《诗刊》《诗歌月刊》等。

茫茫夜

——给 Z

我想象过任何一种晚风更迭的情形，
在楼宇间的小岛，松枝晃动久远潮汐，
来往的人群不断开合，绵密的黑涌来。
沉默变深，夜的安全使人开口。

似乎是从未有过的事，但长久以来
却总如此，我这样重复回答，
迟钝的成长经验将话题推得更漫长，
在一种轻妙节拍的支使下轻轻转动，
像是暗中虚构教导的故事。

身后练习交谊舞的男女脚步轻佻，
在平衡木的两端，当旋律又起，
你听，命运的轴心总会有偏袒。
高与低不只是轻挽的臂弯，他们旋转，

交换年轻的权利和一闪而过的试探。

你也许正温习这节奏，从未有过的，
它们旋紧、放松，却又被时间规训。
亲密关系，或是家族史，谋生，或是谋求爱，
无限的石子投向你，也正投向我震荡的波心。

生活练习

她开始低声谈论她的近况，
那些不足以称为改变的变动。
她想将其命名为生活之海的偶然，
或是，一种提前到来的必然性。

她开始学习，如何成为一个好女友、
好伴侣，学习买一束纪念用水仙。
这些功课琐碎，令她想起幼年时
抚摸过她的那些女人，她们都一样，
体态浑圆，面容却瘦削。

她感到光滑，有人告诉她
这玻璃片质感的生活也灌满危险。
透过它，记载下每一餐饭和日落的暗红。
她再一次贴紧窗台，也要没入云层之中。

这些飞机飞得很低的日子，她感到
头顶绵密的白色总是将她反复吞吐。
她疾走、挥手、大声呼告……
她感到坚硬，感到从未将自己抛出。

在达官营

傍晚，入冬的冷气覆没街道的熙攘与嘈杂，
处处是褪色的招贴画，这新时代的广告语，
拼命拉拢行色匆忙的眼睛。最是市井处，
几世又几年，古代铁骑们达达的马蹄
卷过世俗的新风尘：买菜、吃枣、赶地铁、
欣赏一场话剧表演然后走出剧场放映人生。

多数是疲弱的风景，像时髦挥舞双臂的
广场舞艺术家，在浓雾的节奏里摇晃，
摇晃过又一日，每个舞步都划出完满的重影。
然后归位，与街旁音响店循环的晚春之歌
一起平和退场。会厌倦吗？当下一曲奏响，
毫不犹豫地，疲惫的腰肢已扭动新的教程。

永　夏

是夏夜，雨水被拆空，
留下泛潮的滩涂。我沿着
草地的边缘行走，一些光亮
从这里蒸发，坠入漫长的黑河。
我无法变得轻盈，无法随着
潮热的空气在密集的柔软中伏身。
当陌生的影子重合，生活的水波
微微颤抖，一些细枝末节也微微颤抖，
撑裂所有远离温吞与复杂的可能。
当七月来临，拆毁一些细小的喜悦
就如同打断雨里沉溺的巡游，
再嬉笑着，翻转出永恒的郁热。
终究乏善可陈，也没有人再来询问：
那些夜晚，在那些极安静的草坪边缘
绵密地生长着的痛苦与笨拙，是否
最终都被灼成了细末。该如何证明，

在一夏的时间里，打碎一面可能之镜，
远比培植一棵孱弱的无花植物轻松。
而复杂的是，我目光触及到的，
那些葆有新鲜的或刺激的，
都如迷人的孤独者再次降临。

共居的哲学

帘子垂落下年轻的身体和各自
积攒的隐秘灰尘。碰撞发生于此，
浮泛起不短不长的女子共居史——
温暖而幽闭，模拟着人间的热与冷。

自我的拓展始于清晨，探向镜中的脖颈们
如同幼鹤，向内盯紧时间，琢磨
眼角细生的尾纹：如何用年轻附庸出一些貌美，
以及与年轻貌美勾连的我们的学院生活。

但也许不该，向来纵情的都是肤浅的，
都是传统的小儿女，难得有欢饮的时刻。
伪装成厌世者，也还不够逼真自由，
只得小心怀揣他者给予的几分人际的坚实。

或是再用这几分坚实搅动出剩余的温热，

顺应这拥挤便是热爱的伟大传统，
在促膝长谈的好夜晚，再摆一盘棋子。

别离的下昼

毫无征兆地，雨水已灌满我们之中的房屋，
天花板上悬挂的一只蝉，振翅间
心事便随窗帘上下翻覆。而今六月也湿冷，
稀释掉热情的余裕，便可遮蔽不合时宜的多情。

想必蓝图与地图都已描摹千千万万遍，
再拿一把剪刀，裁剪身体的政治与年纪的算术。
或者模仿港片口吻，说句“聚散终有时”，
一句话也聊以镇压无计可消除的动物心性。

沉默时便开灯，谈时局，聊旧友，
谈时局也似聊旧友，那缭绕于人的大小风波，
也不过是重播寥寥伤逝。结局谁仓皇出逃，
谁又负气出走？别离的下昼事事喧嚣，
而事事皆学问，事事皆好。

黄昏书

眼看着，太阳也变得微醺，颤抖着坠入
一日里最后的明亮时刻。黄昏本不该漫长，
似乎世间的道理就是如此。而最好的，
依旧在入夏时。每个傍晚，
都有人挽手走过绿苔的小池塘，
再将所有的时间推向末端记忆的岔道。
也总有一些荒乱的片段被晚风拿捏，
抬起手臂，想象即扑空。温柔，
或是关于温柔的都逃不脱被洞穿的指责。
谁会再低头说："亲爱的，看这一切
是多么荒唐，荒唐得恰到好处。"
是的，就连荒唐也是好的，好过
热情的菲薄，转眼跌进翡冷翠的夜晚……
而我想起你时，却总是在温慵的黄昏。

黑金鱼丛书

摆动的是夜色，划开行将消失的轻盈
注视每一秒滑腻的嬗变：若游弋是天赋
那练习俯仰的欢愉只属于失败者

告诉我，究竟如何浸入墨色，才能避免
下一瞬间必然的沉降与稀释。光，才能
从水底跃然于褶皱的纸上，织出摇摆的黑裙

透明的纺锤转动，于静默中修缮破碎的鱼鳞
空荡通明的水域是新的语料场，气泡破碎后
谁能承受更久远的黑暗，谁能长久凝视
水的轨迹，看无数个平行时空随鱼目悄然变形

要有多灵巧，才可一跃打破这固执的温床
水草招摇过危险的浪漫，抒情的尾鳍被捆绑
而幽闭的时间拒绝逃逸，孤注一掷的使命
你负载着短暂而沉重的自由，缓缓游出新的掌纹

如此生活

开始总是困倦。午后的客厅，
一条摆尾的金鱼反复穿过你的眼睑，
从左边到右边，再从右边到左边。
拖拽的影子像是我，你已熟悉不过。
照旧谈些知根知底的话，或是一日间
行走的心事。总避不过的——
半生不熟的过去、意欲破解的
未来之谜，也终究是谜。
或者我们吃柚子，细心剖开它，
像剖开我们干瘪的生活。
你说甘甜，好生活和好女子都该如此，
还应有好归宿，和一个好的有情人。
而在它的背面，那些泛苦的情节
早就在我们言语的勾当里分崩离析。
还谈论苦难吗，或者说，可能的爱
和那些潜伏的危机，又是否

会因我们的坦白而有变数。
也许等待缓慢的长成与病变，
是最笨拙的出路和景象，
而我想象的抵达总过于热烈和紧张。

致——

——给汩卡

信件并没有比雪先到来
整个十二月，乏善的抒情物
企图完结未被妥善保藏的冬天
这些日子还有好天气，偶尔刮风
偶尔吹出一朵柔色的贝母云，或者
在平地上堆出一座灰蒙蒙的小山
我曾企图把它们作为馈礼
反复忖度反复折叠。而词语动荡
没有多余的音节抵得上你赞叹过的晚星

窗台上的枯花洞悉着褪色的寒冷
我怀抱着一双腿脚在座椅上
与文字斡旋。十二月
托举我们共同钟情的生活的女人们
相继离去，影子比雪更白茫茫

还有谁相互依偎，有谁逡巡过
我们生活的变数。“你会在凌晨啜泣吗？”
一闪而过的念头被失群的雀鸟击中
下落吧，砸开命运论者的果核
我看到你信里的月亮正慢慢往上爬

抵　岸

——给 F

冷风过境，抵岸是最低的安全
话题已开启，不等凉台外的小银钩
安全升起，便打捞出一尾绿裙斗鱼
而你迅速收手，把呼吸灯反锁进衣袖

喑哑的声线走漏情绪的风声
低声部划过鱼骨，断裂处如尺规
昨日已被他者丈量。你惊诧、失落
而后冷静理好鱼线、琴弦和乱麻

于枯瘪的季节里
你学会人造湖泊与灌木林。生长一年
或者一年的生长与垂死，或者更久
或者蹴成一株曼妙冷色调植物

就像你迷恋的冷色调精致船舷
未曾据为己有。拘谨的贪婪
伪造忠实的回馈：一把琴
伏卧成月色如洗时画轴里的水纹褶皱